Kromer · Gustav Hänfling

AF194921

Heinrich Ernst Kromer

Das literarische Werk

Herausgegeben von
Jürgen Glocker und Klaus Isele

Band 4

FSC
www.fsc.org

MIX
Papier aus verantwortungsvollen Quellen
Paper from responsible sources
FSC® C105338

Heinrich Ernst Kromer

Gustav Hänfling

Mit einem Nachwort von Jürgen Glocker
und zwei graphischen Blättern von H. E. Kromer

Klaus Isele Editor

Dieses Buch erscheint bei KLAUS ISELE · EDITOR

Alle Rechte vorbehalten © Eggingen, 2021

Umschlagfoto: Klaus Isele

Herstellung und Verlag:
BoD – Books on Demand, Norderstedt
ISBN 978-3-7534-0907-8

Der schlesische Porzellanmaler

An nachfolgendem Lebensläuflein will dargetan werden, daß nicht selten einer an seiner Tugend, oder wie ers nun nennen mag, zugrunde geht, und zwar bei jungen Jahren und unter reuigen Selbstanklagen nach einem dürftigen und ängstlichen Dasein, wohingegen das Laster fröhlich seines Weges zieht, zu Jahren kommt und ohne Reue dahinzufahren pflegt. Damit diesem aber sein Ruhm werde, muß es groß und königlich einhergegangen sein, nicht als Groschendieb oder Wildschlingenleger; die Tugend indes mag zu dauerbarem Gedächtnis kommen, auch wenn sie nach ihrer Art bescheiden Schrittchen vor Schrittchen setzte, und die Geschichte solch kleiner Heiligen ist zuweilen der Aufzeichnung nicht weniger würdig als die der Gewalttätigen und der Könige, wennschon diese dem breiten Geschmacke geläufiger ist.

An einem schönen Frühlingsnachmittag ließ sich ein noch nicht dreißigjähriger Mensch von bescheidener Art und Kleidung die leere Giebelkammer in einem ältern Hause zeigen, die er zu mieten gedachte, wenn sie seinen geringen Ansprüchen genügen würde. Er durchforschte, während ihn die Vermieterin musternd im Blick behielt, den kahlen, graugestrichenen Raum, prüfte das Kanonenöfelein mit dem abnehmbaren Deckel, der wohl einem Kochtopf Raum bieten konnte, öffnete die Tür in der Wand zur Rechten und betrat ein durch das Ziegeldach abgeschrägtes Nebenräumchen, worauf er zurückgekommen sich an das einzige Fenster des Hauptraumes stellte und die Aussicht betrachtete, die einen kleinen Platz, die Baumwipfel des nahen Kurgartens und die heitere Weite des blauen Sees umfaßte und wohl das erste war, was dem jungen Menschen an dem Zimmer gefiel; wenigstens hielt sie ihn wohl eine Viertelsminute dort fest. Er versäumte nicht, das Fenster zu öffnen, schloß es dann wieder, prüfte, ob es sich überall gut in den Rahmen einfüge, und kehrte hierauf zu erneuter Untersuchung des Öfeleins zurück; denn zum Durchforschen fand er weiter nichts in dem Raume. Nach einigem Fragen und Feilschen wurde er mit der erwartungsvollen Hauswirtin auf sieben Mark Miete monatlich einig; darauf empfahl er sich mit dem Bemerken, er werde noch im Laufe des Nachmittags das Zimmer beziehen; sie möge den Schlüssel nur gleich stecken lassen. Als die Frau aber weg war, zog er ihn selber ab, wiewohl aus dem leeren Gelaß nichts wäre zu entwenden gewesen, das Öfelein abgerechnet, das aber an der Türe wie ein grauschwarzes Zwerglein Wache zu stehen und seinen Posten gar treu zu halten schien.

Der verheißene Einzug fand eine halbe Stunde später auch schon statt. Der unbekannte Mieter ging neben dem von einem Knaben gezogenen Handwagen her mit einem Tisch, der oben an der kürzeren Seite der Platte ein seltsames Gerüstlein aus drei Brettchen hatte und vom Einzügling an den beiden vorderen Füßen gleich einem Baldachin auf dem Kopf getragen wurde. Auf dem Wägelchen aber fuhr der Knabe ein zusammengeklapptes eisernes Bettgestell, eine gestreifte rote Matratze, aus der an einer Kante ein Wisch Seegras hervorlugte, und einen hölzernen Koffer mit nachgeahmter Nußholzmaserung: ein Behältnis, wie es wohl Dienstmägde zur Bergung ihrer Habseligkeiten mit sich führen. Vor der Haustüre angekommen, brachte der Mieter das ganze Möbelwerk in den Flur und entließ den kleinen Wagenführer mit einem Nickelstück: er habe augenblicklich weiter kein Kleingeld; wenn er ihn wieder treffe, solle er noch was haben. Hierauf schleppte er seine Ausstattung über die drei alten Stiegen empor, durch die Bodentreppentür hinein, den durch Lattenräume abgeteilten Dachflur entlang und bevölkerte damit die Giebelkammer, wozu er sich von seiner Hauswirtin zuletzt noch zwei alte Stühle auserbat. Als er so wieder unter seinen wohlvertrauten Möbeln stand wie ein Hauptmann unter seiner zusammengeschmolzenen Truppe, schloß er zunächst den braunen Koffer auf und warf eine Bettdecke, zwei Leintücher, ein schmutziges Kissen sowie einige ältere Gewandstücke und ein Paar schadhafter Schuhe vorläufig auf den Boden heraus; dann förderte er ein blechernes Waschbecken und einen ebensolchen Nachttopf zutage, weiterhin eine Zigarrenschachtel voll Fläschchen, alle sorglich in alte Lappen gewickelt, jetzt eine zweite mit Farbendüten und Töpfchen, dann ein kleines Eisengestell mit einem Drehscheibchen und endlich ein Pappefutteral voll Pinsel. Eins ums andre wurde genau auf seine Unversehrtheit untersucht und dann alles zu wohlgeordnetem Spalier auf dem Tisch aufgereiht, als wenn es in dieser Folge sogleich in Gebrauch genommen werden sollte; doch machte der Besitzer bloß eine Handbewegung darüber hin, gleichsam segnend, holte dann aus der Brusttasche seines Rockes ein Rechnungsbüchlein hervor, setzte sich an den Tisch und lotete mit seiner Feder das bißchen Tinte in seinem Fläschchen. Dann schrieb er auf die Ausgabenseite, die noch ganz weiß und leer war: Für meinen Umzug: Zehn Pfennig. Und steckte das Büchlein wieder ein.

So begab sich der Einzug Gustav Hänflings in seine neue Wohnung. Eine Viertelstunde später lag das Giebelzimmer wieder still und einsam, doch wohlverschlossen da. Auf dem Tisch aber fehlten das Pinselbehältnis, die Flaschen- und Farbenschachtel sowie das Drehscheibchen. Der Mietling hatte nämlich sein Werkzeug einem Aberglauben zufolge nur in dem neugemieteten Raum zu guter Vorbedeutung aufgestellt, damit ihm hier der Segen der Arbeit nie fehlen möge, dann aber die

Weihgegenstände sogleich wieder an ihren Bestimmungs- ort zurückgebracht und sich hinter seine gewohnte Arbeit gesetzt.

Mit dem Einzug dieses Mieters sah die Hauswirtin das Giebelzimmer wieder seiner Urbestimmung zurückgegeben und glaubte die Gewißheit haben zu dürfen, der neue Inhaber werde an Ruhe und Bescheidenheit seinem Vorgänger, einem sächsischen Buchbindergesellen, gleichkommen, auf den Tag genau seine Miete bezahlen und wohl auch wie der Zwickauer seine eigene Dienstmagd spielen, um nur niemand nichts schuldig zu sein. In der Tat schien dieser ganz der eigensüchtigen Berechnung seiner Hauswirtin nachleben zu wollen; ja, er übte selbst im Sterben noch solche Rücksicht, daß jene höchstens über die Unmöglichkeit zu trauern hatte, je wieder einen ähnlichen Mieter in ihre Giebelkammer hinaufzubekommen.

Dieser horstete nämlich vom ersten Tag ab in seiner Höhe einsam und in so vollkommener Stille, daß keine Seele im Haus einen Bewohner über sich vermutet hätte. Jeden zweiten oder dritten Morgen wuselte er in aller Frühe strumpfsockig oder in Filzlatschen die schlafenden Treppen hinab und holte vom Erdgeschoß sein in einer Wandnische aufgestelltes blechernes Milchmaß herauf, um sich einen dünnen Kaffee zu bereiten, wenn er nicht vorzog, die Milch kalt zu trinken, einen Viertelliter zu einem Stück Schwarzbrot, das er der Wohlfeilheit halber sich auch immer laibweise zutat. Ein Stündchen später stand dann, meist bis zum Abend, sein Gelaß unbewohnt, indes wohlverschlossen, als wenn selbst in diese Höhe hinauf ein Spitzbube sich versteigen oder die Neugier der Wirtin darin herumschnüffeln könnte. Sie hätte aber dort nur Tag um Tag jegliches Ding in einer dem Wesen des Inwohners gemäßen Ordnung gefunden. Denn dieser versäumte nie, das eben dienstfreie Paar Schuhe zu wichsen, in spärlichem Glanz mit einem Flanellappen, dem Ärmel eines längst ausgedienten Hemdes, worauf das Schuhpaar schwarz und platt in einer Zimmerecke ausruhte, im Obdach des seltsamsten Kleiderschrankes, den sich Hänfling dort errichtet hatte. Ein Bogen blauen Packpapiers nämlich, trügerisch mit zwei Reißnägeln an die Wand geheftet, schützte ihm dort Sonntagshose, Weste und Rock vor dem Staub des Werktags und den Blikken unverhoffter Besucher; denn er schonte seine Gewandung, besonders das Feiertagskleid und wählte statt dessen oft die Werktagshülle, die er in der Samstagsnacht am Boden sorgfältig hingebreitet mit dem Koffer zu beschweren und so gewissermaßen neu mit Bügelfalten zu versehen pflegte. War er in diesen kleinen Zurichtungen einigermaßen sorglich, so versagte er gänzlich in der Kunst, sein Bett ordentlich herzurichten, und sah sich jeden Abend vor die Pflicht gestellt, sein Leintuch zu wenden, die zerlegene Matratze ein wenig zurechtzuschieben und das Federbett aufzuschütteln, was alles er immer im Hemde unternahm, um dann gleich unterzuschlüpfen, sich wohlig zu strecken oder igelmäßig zusammenzukugeln und so einzuschlafen, bis ihn das emporkommende Tagesgestirn wieder ans gewohnte Wirken lockte.

In dieser Weise spulte Hänfling einen Tag wie den andern herunter und befand sich gar wohl dabei. Die Arbeit unterbrach er durch ein spärliches Mittagessen, worauf er ein Viertelstündchen sich im Kurgarten erging oder von der Brücke aus, wo der Fluß den See verläßt, nach der weiten Wasserfläche und den umgelagerten Schneebergen schaute, und dabei mit einem zugespitzten Zündholz wichtig schmatzend in den Zähnen stocherte. Dies tat er in Nachahmung der Bürger des Städtchens, die damit den Schein erwecken wollten, sie hätten ein nahrhaftes Mittagsmahl hinter sich. An den Schluß seiner Arbeit hängte er aber ein noch bescheideneres

Abendbrot, das nicht selten wirklich nur aus Brot bestand und sich manchmal sogar zu einem bloßen frommen Wunsch verdünnte, und doch rühmte er sich wohl vor dem und jenem, wie leicht er sich immer im Magen fühle und daß ein solcher Zustand unzweifelhaft günstig auf Leib und Seele zurückwirke, wie er denn überhaupt gern jeglicher Bescheidenheit das Wort redete. Mit der Darlegung solcher Grundsätze beschloß er meist sein Tagesläuflein und legte sich dann mit desto größerer Gewissensruhe in sein schlecht gemachtes Bett.

Der sich nun eines solchen vorbildlichen Wandels bemühte und sich im Städtchen Dasein und Fortkommen sicherte, war ein ehrsamer Porzellanmaler, zugewandert aus schlesischen oder aus brandenburgischen Landen, welchen Zweifel er standhaft aufrecht hielt, indem er auf Befragen stets einen Geburtsort angab, den keine Landkarte im Städtchen zeigte, und sich bald als Schlesier, bald als Brandenburger bezeichnete, je nachdem er den Frager preußischer Neigung oder Abneigung verdächtig hielt. Was er sonst noch Spärliches über sich kundgab, war, daß er von Webersleuten abstamme, sich also eines hübschen Vorschritts berühmen dürfe; denn er liebte es, wie alle seines Berufes, sich als Künstler zu fühlen und verfocht wohl auch die Ansicht, es sei in der Sache gar kein Unterschied, ob einer auf Porzellan und Glas oder auf Leinwand und Holztafeln male, wenn er nur was könne. Das aber glaubte er ehrlich von sich. Lehr- und erste Gesellenjahre hatte er in Berlin verbracht; er sprach aber davon als von einer harten Zeit, die manche Versuchung gebracht habe und nach der er sich denn auch nicht zurücksehnte, wohingegen sein Aufenthalt in Bonn als mild und freundlich in seinem Gemüt haftete. Er brauchte an diese Zeit nur erinnert zu werden, so redete er sich in eine sonnige Räuschleinstimmung hinein, begann aufzuschneiden, was ihm sonst fernlag, und spielte wohl gar den feurigen Weinjünger und Bacchanten. Und obgleich er kaum je ein Glas Rheinwein getrunken hatte, prahlte er alle Sorten herunter wie die reichhaltigste Weinkarte, fügte auch wohl zungenschnalzend die Flaschenpreise hinzu und sprach von überschäumenden Gelagen, ja wilden Orgien, die sie zusammen am heiteren grünen Strome gefeiert hätten, während ihn wohl schon die bloße Frage nach der Farbe der gerühmten Weine in Verlegenheit gebracht hätte. Er dämpfte denn auch gewöhnlich die ganze Schwärmerei bald wieder, indem er meist mit säuerlichem Tadel auf seine Bonner Kameraden zu reden kam, vor allem auf den tollen Wollenweber, welcher leider ein Trinker und ohne Grundsätze gewesen sei, was bekanntlich – fügte er hinzu – nie zum Guten führe. Gleichwohl mochte dieser rheinische Aufenthalt im Leben des arbeitsamen Schlesiers die einzige Zeit etwelchen innern Schwunges gewesen sein, wenn auch nur in seiner Einbildung. Aus den sonnigen Rebengebreiten war er dann in dieses Städtchen gekommen, zwar nicht aus freiem Willen oder aus besonderer Unternehmungslust, vielmehr weil sein rheinischer Brotherr Hals über Kopf sein Geschäft aufgelöst und sein halb Dutzend Porzellanmaler, wiewohl sie recht eigentlich ihn reich gemacht, brotlos in die Welt hinausgestoßen hatte. Dies war denn auch der einzige Dorn, der aus jener Zeit schmerzend in Hänfling haften geblieben war. Doch gab er sich mit dem neuen Unterstand, den er gefunden, zufrieden und segnete im stillen sein Schicksal, das ihm diese gegenwärtige Sicherheit und einen unverkürzten Tagelohn verliehen hatte.

Bevor Hänfling in seine Giebelkammer gezogen war, hatte er die Dachkammer bei einem kleinen Beamten innegehabt, einer ebenso gerechten und sparsamen Seele wie er selbst. Dies war der Kreisschreiber Holdinger, mit Vornamen Servaz, ein unscheinbarer Mensch von spaßigem Äußern, da er am ehesten einem dürftigen zwiege-schwänzten Rettich glich oder einer krummen Wäsche-klammer, der ein unbeholfener Junge ein Gesicht einge-schnitzt. Dieser hatte ein Mietshaus mit einer geringen Anzahlung erworben, mit dessen Zins er sein Gehältlein etwas aufpolsterte. Auch besaß er, als Erbteil seiner Frau, vor der Stadt draußen ein steiniges Äckerlein, worauf er ein hölzernes Gartenhüttchen errichtet und nach un-ermüdlicher Entsteinung einige Gemüsebeete angelegt hatte; nun sprach er davon als von seinem Gartenhaus und hieß die paar Sonntagnachmittagsstunden, die er bei gutem Wetter dort zubrachte, seinen Landaufenthalt. Auch fand er, seit er eigenes Gemüse zog, die Pflanzen-kost gesünder und bekömmlicher als die Fleischnahrung und hatte zu diesem uraltneuen Nährglauben auch Hänf-ling bekehren können, da dieser wirklich einige Gro-schen wöchentlich dabei ersparte. So sättigte sich der Schlesier denn mit dünnen Reis- und Gemüsesüpplein und tat sich gütlich an Wirsingkoteletten, Spinatbeef-steaks, Kartoffelrippchen und Kohlrabiziemern und rühmte sich dieses mäßigen Magenwandels, obschon er dabei immer hungriger war als je bei der spärlichsten Er-nährung nach altem Brauche. Die Sonntagnachmittage blieb er dann in der Kreisschreiberfamilie sitzen, natür-lich im Gartenhüttlein, und während die Kinder draußen spielten, führten die beiden Gemüsegläubigen erbauliche Gespräche, jeder über seine Pläne, Meinungen und Ab-sichten oder über die allgemeine Lage der Dinge und die besondere des Städtchens, das sie drunten liegen sahen. Und wenn dann mit einsetzender Verdauung auch der Hunger wieder eintrat, gossen sie darüber einen sanften Malzkaffee, worauf sie mit Apostelblicken hoffnungsrei-cher in die Umgebung hinaus und auch wohl in ihr Inne-res und die eigene Zukunft blickten. Diese Tasse Malz-kaffee, die zwar kein Rheinwein war, bedeutete Himmel und Seligkeit in Hänflings Gemüseglauben, und als er sich von diesem später abkehrte, vermißte er nichts so bitter wie die fromme gelbliche Flüssigkeit. Daran schuld war aber einzig der Kreisschreiber. Er ließ nämlich eines Tages die Dachkammer zu einer Dreizimmerwohnung ausbauen und redete in jener Zeit Hänfling täglich überzeugender vom Vorteil und Nutzen zeitigen Heiratens, in Absicht, den Schlesier auf diesem Wege in ein ferneres Mietverhältnis zu sich zu bringen. Der beschloß jedoch, ohne Säumen umzuziehen, und nur ein Weilchen noch, so gab er auch den Gemüsekostplatz beim Kreisschreiber auf. Immerhin löste er nicht alle Bande, sondern hielt sich mit der Familie, die wie eine Rettichsaat aufging, in leidlich naher Freundschaft; dies geschah aber vornehmlich um des sonntägigen Malzkaffees willen.

Mit dem Umzug auf die Giebelkammer hoffte Hänfling wieder Beständigkeit und Ruhe bei sich einkehren zu sehen, wie er sie in seinen Bonner Jahren gewohnt gewesen war. Denn er liebte Sicherheit und Stete und scheute Ungewißheit, Unruhe und Veränderung in seinen Umständen wie den baren Teufel. Deshalb hatte er sich auch schon sehr früh, kaum daß er in die Lehre getreten war, Grund- und Leitsätze aufgestellt und, wie er sich ausdrückte, seine Zukunft zurechtgelegt, ganz wie etwa ein ordentlicher Mensch sich Samstag abends seinen Sonntagsstaat zurechtlegt. Ohne eigentlich jemals tiefer über Sinn oder Zweck des Daseins nachgesonnen zu haben, lag für ihn eines Tages seine Lebensweisheit fertig beschlossen in dem kurzen und dürren Worte, daß der Mensch ein Zinsfüßler sei und zu diesem Ende Geld haben, also sparen, sparen, dreimal sparen müsse. So als umgekehrter Montecuccoli meinte er, wenn schon zu allen Dingen Geld nötig sei, so dürfe man es doch nicht ausgeben, und in seinem Rechnungsbüchlein nahm sich demzufolge immer die Ausgabenseite wie ein reingekehrter Saal aus; Hänfling war der Weltordnung eigentlich ein wenig gram darum, daß sie über den Menschen ein Essens- und Wohnbedürfnis verhängt hatte. Hingegen dankte er dem Schöpfer, weil er doch auch Geschöpfe gebildet, die da bemalte Porzellantassen, Teller, Aschenschalen, Suppenschüsseln, Grabtafeln und ähnliche mit Farbenzierat oder schönen Sprüchlein geschmückte Dinge nötig haben, die unter seinen Händen hervorgingen und in seinem Büchlein auf der Einnahmenseite gebucht wurden, und pries die Makler und Vermittler solchen Bedarfs, die Porzellan- und Glaswarenhändler, wie ihm ein gütiges Geschick auch an seiner neuen Wirkungsstätte einen zugeführt hatte. Dieser gab ihm zwei Mark und achtzig Pfennig Taglohn, nicht weniger, als er in Bonn gehabt, vergütete ihm die Reise und hieß mit Namen freundlich und katholisch Johannes Evangelista Kallenberg, wohnhaft in der Krebsscherengasse, Arbeitsraum und Geschäftszimmer im Rückgebäude.

Dieser Johannes Evangelista hatte sich wegen eines von ihm selbst ersonnenen und sehr beliebten Tassenmusters, das Heckenröschen, Vergißmeinnicht und einen Schmetterling zeigte und nur bei ihm zu haben war, sowie für allfällige besondere Kundenaufträge einen eigenen Porzellanmaler eingestellt, auch eine bescheidene Muffel gebaut, die Handfertigkeitsgebilde seines jeweiligen Künstlers darin zu brennen. Als solcher amtete jetzt also Gustav Hänfling dort, der dritte in der Reihe. Seine zwei Vorgänger, gutmütige Sachsen, hatte Kallenberg auf Betreiben einiger Kunden entlassen, obschon es nur Sonntagssozzen waren und der eine wohl einmal eine rote Halsbinde umgetan hatte, aber auch dies vorsichtigerweise nur auswärts und bloß, weil er unverhofft ein Räuschlein bezahlt bekommen hatte. Von Hänfling war ähnliches nicht zu befürchten. Der hatte den neuen Brotherrn, als hätte er vom betrüblichen Schicksal der Vorläufer Kunde erhalten, ungefragt seiner völligen Harmlosigkeit versichert, dankbar, daß ihm dieser Johannes Evangelista, als führe er in seinem frommen Namen seine Bestimmung, diese Stelle als erste frohe Botschaft im Städtchen und als leidlich ausreichende Brotschaft zugebracht hatte.

Einige Jährchen führte der Schlesier so sein Lebensläuflein, zufrieden mit seinem bescheidenen Zustand und ohne jeden Gedanken an eine Entwicklung der Dinge. Dieses Wort allein schon klang ihm gefährlich. Aber wenn die bescheidenen Geschöpfe und die weniger bescheidenen Richter der Vorsehung solches denken mögen, so tut diese unbekümmert ihre geheimnisvollen Schritte vorwärts und nicht selten ganz wider törichtes Menschenverhoffen. So griff sie eines Tages auch in Hänflings geruhigen Lauf ein und schien den braven Schlesier auf seinem sichersten Wege verblenden zu wollen. Mit eins nämlich mußte dieser sich auf seinem Arbeitsstuhl fragen, wie das Möbel nur noch zu diesem Ehrennamen komme. Denn schon hatte er mehrere Stunden im Tage, bald aber viele Tage in der Woche nichts zu arbeiten, obschon man in der günstigsten Zeit war. Johannes Evangelista verlor zwar darüber kein Wort und zahlte seinem Maler den Tagelohn ohne Anstehn aus; diesen aber begann die Erscheinung zu beunruhigen, und wie er einem andern für offenkundiges Nichtstun keinen Lohn bezahlt hätte, so, meinte er, brauchte dies auch sein Brotherr von Rechts wegen nicht zu tun. Einen Augenblick stand er denn auch auf dem Sprung, diesen Gewissensstreit dem Glashändler vorzutragen, als er sich plötzlich noch der Verblendung bewußt ward, die in einem solchen Schritt gelegen hätte und ihn, dankbar gegen das vorbeugende Schicksal, vorläufig unterließ. Aber eben dieses Schicksal konnte auf Umwegen wirken, wenn es geraden Weges zu wirken diesmal nicht für gut hielt.

Es führte also Hänfling bei einer Kindstaufe im Kreisschreiberhaus eine Bekanntschaft zu, die in sein Geschick mehrmals bestimmend eingreifen sollte. Dies war eine etwas vorgerücktere Jungfer, die mit der dem Weibe eigenen Witterung in dem Porzellanmaler sogleich den angesäuerten Junggesellen und seines Glückes höchsten Ausdruck in einer sorgenden Hausfrau erkannte, als die sie sich gerne selbstlos darbieten mochte. Luise Hufnagel, wie die Einspännerin hieß, war als gesuchte Korsettmacherin in einer Fabrik als Vorarbeiterin angestellt und dadurch zu einer gewissen Menschenkenntnis vorgebildet worden. Und so hatte sie aus den andeutenden Reden des Schlesiers bald herausgehört, vielmehr, da sie sehr übelhörig war, ihm am Munde abgelesen, woran es ihm fehlte. Man müßte eben mehr Unternehmungsgeist haben, hatte sein seufzendes Bekenntnis gelautet, als ihn der Kreisschreiber ermutigte, die arbeitslosen Stunden tapfer mit Arbeit auf Vorrat oder auf eigene Rechnung und Gefahr zu nützen. Und auf diesen Seufzer baute die Korsettlerin die Grundmauern ihres neuesten Luftschlosses, worin sie den schüchternen Schlesier als den ihr vom Schicksal zubestimmten Ehemann unterzubringen gedachte. Als unternehmendes Wesen, das das Eisen zu schmieden pflegte, wenn es heiß war, bearbeitete sie den Maler teils schon beim Taufessen, indem sie ihn durch immer wieder zugeschobene Krapfen für sich einzunehmen suchte, mehr aber noch auf dem nächtlichen Heimweg, sodaß es dem sonst so Zufriedenen ganz unternehmerlich zu Mute ward und er einige Male zustimmend sich ausließ: »Sie haben recht, Fräulein: Es müßte wirklich was geschehen!« Und als er endlich im webenden Mondschein dem Städtchen und dem silbrig glitzernden See zuwandelte, wollte es ihm wie ein Entschluß aufkeimen; sein sonst immer gleichmäßig nüchternes Herz schien leise berauscht von der

Aussicht auf vermehrte Groschen, und als er schließlich auf seiner monderhellten Giebelkoje vor Anker ging, fehlte wenig, daß er wie der tapfere Ritter hinausgejubelt hätte: Ich habs gewagt! Doch hauchte ers nur wie ein Bauchredner in sich hinein, obschon er niemand damit gestört hätte, und kroch dann in sein ungemachtes Bett, um wie ein Dachs dem neuen Morgen entgegenzuschlafen. Diesen begrüßte er indes mit dem beruhigten Gefühle, zunächst noch in schönster Sicherheit zu dem vereinbarten Lohne weiterarbeiten zu können, wenn er sein untätiges Stuhldrücken Arbeit heißen wollte. Dabei mochte er dann vorsichtig darauf sinnen, wie die verhockten Stunden zu verwerten und das Sprüchlein seines Tugendteufels »Zeit ist Geld!« noch erfolgreicher als bisher zu befolgen wäre. Da scheint ihm eines Tages das Schicksal sinnbildlich eine Mahnung und Erleuchtung schicken zu wollen, und weil dies an einem Sonntag geschieht, deutet ers in leisem Aberglauben schon deshalb als beachtenswert, weil er an einem Werktag sich nicht die Zeit genommen hätte, einem so alltäglichen Ereignis Bedeutung zuzumessen. So aber schien ihm die Sache ernstlich zu gelten.

Er liegt noch wohlig im Bett und dehnt und reckt sich, da kommt die Sonne aus dem See empor, hellt seinen Raum auf und malt das Fensterbild auf die Kammertür, wie ein Gitter im lichten Feuer; Hänfling aber sieht ihrer leuchtenden Tätigkeit mit erleuchteten Sonntagsgedanken zu. Sieh dir das Himmelsfeuer an, Gustav! denkt er. Wo ruht es je aus und verschnauft sich ein Augenblicklein unbeschäftigt? Seit ungezählten tausend Jahren nützt es Minute um Minute aus, und heute auch, in der Sonntagsfrühe, wo im Städtchen sich noch kein Schlafmützenzipfel rührt, malt es schon tätig den weiten Himmel mit Morgengold aus, ohne Lavendelöl und Pinsel, und übersät damit die Wälder um den See und brennt in den Fenstern der fernsten Hütten, glüht in den nahen und spielt sein Farbenspiel im Wiesentau, in den Wellen des Sees und auf dem morgenfeuchten Laub des Kurgartens: Kein Porzellanmaler brächte es so hin! Wer berechnete den Nutzen dieser Geschäftigkeit, wenn wir sie zahlen müßten! Aber da liegt eben der Widersinn! Tut die Sonne nicht ihr ungemessenes Werk unentgeltlich? Und nichtsdestominder? Du hingegen, arbeitsfroher Hänfling, du sitzest tagelang unbeschäftigt und nimmst doch deinen Taglohn ungekürzt dahin! Wie ließe sich aber jede Stunde hübsch münzen, wenn du sie nütztest, Gustav! Ja, es geht zuviel verloren! sagte ihm die Sonne. Dabei steigt sie höher, malt bereits am Zimmerboden, wirft nebenbei geschäftig aus dem Waschwasser Goldkringel an die Wand und läßt an der Kaffeetasse ein blendend Glanzlicht aufflammen, als Sonderfeuerwerk, aber darum nicht minder unentgeltlich. Dazu tickt Hänflings Tombakuhr neben dem Waschbecken unermüdlich die Minuten herab, und zwar gleich gerecht die genützten wie die versäumten! Da er aber so Ton wie Licht gewissenweckend am Werke findet, geht ihm das alles doch ordentlich nahe, und er fährt plötzlich wie ein geschreckter Hase vom Lager auf, steht auf seinen platten Läufen, streckt sich einigemal weidlich, als wolle er den Himmel niederziehen, und puddelt sich endlich im Waschbecken den letzten Schlaf aus den nüchternen Sehern. Einen Augenblick steht er in der Sonne wie ein Holzheiliger; da fallen ihm die Gedanken, die ihn eben beschäftigt, schwer aufs Herz; sein dürres Gestell klappt zusammen und hockt erbärmlich auf dem Bettrand mit hängenden Füßen, die Arme steif auf den Knieen wie ein ägyptisches Königsbild. Und gleich einem solchen steinernen Träumer hatte Hänfling Grund, sich zuzurufen, das untätige Sitzen tauge zu nichts; es müsse vielmehr endlich etwas geschehen…

Diesen Sonntag durfte Hänfling füglich im Kalender rot anstreichen und ihn den Tag seiner Gewissenserweckung heißen. Er feierte ihn denn auch dieser Bedeutung gemäß, wenn es feiern heißen will, daß er ihn ein bißchen menschenwürdiger verbrachte, als er es sonst mit seinen Sonntagen in Übung hielt. Denn damit hatte es keine alltägliche Bewandtnis. Erstlich pflegte er sich da nur selten völlig anzukleiden, vornehmlich aus Unentschlossenheit, ein frisches Hemd zu opfern; meist nämlich legte er das geplättete Leibstück wieder in die alte Pappschachtel zurück, indem er es zärtlich einigemal streichelte und lieber im ungewaschenen Lappen herumging. Zuweilen freilich fehlte es ihm auch an frischer Wäsche: nämlich seit er von Kreisschreibers weg war, besorgte er sie meist eigenhändig im Waschbecken und unterließ oder vergaß es wohl ab und zu. So saß er denn gewöhnlich in Hemd und Hose herum, auch barfuß, um die Socken zu schonen, und flickte etwa eine schadhafte Stelle seiner Gewandung, zog Strumpflöcher mit mißfarbenem Garn zusammen, schnitt auch wohl an den Zehennägeln und Hühneraugen herum und suchte überhaupt seine Plattfüße in einen menschenwürdigen Zustand zu bringen, was er die Woche hindurch gewohnterweise verabsäumte. Bei dieser Beschäftigung genoß einer ganz besondern Sorge seine schlimme Zehe, die zweite am rechten Fuß, die sich wie ein vulkanisch gehobener Berg über ihre Umgebung emporgeschoben hatte und ihm in ihrer bevorzugten Stellung nicht wenig Beschwerde machte, wie sie denn auch die Schuld trug an seinem leicht hinkenden Gang. In Rock und Schuhe schlüpfte Hänfling sonntags nur höchst ungern, etwa, wenn er sich vom Bäcker oder Metzger etwas zum Mittagessen holen mußte. Dann flog aber das Kleidwerk gleich wieder in die Ecke, das heißt in den packpapierenen Schrank; denn nach dem Hinabschlingen der paar

Hungerbissen streckte sich der Maler ein Stündchen auf sein Bett, zähnestochernd, oder sah zum Fenster hinaus und freute sich, daß er nicht wie die Ausflügler, die auf die Dampfschiffe eilten, sein Geld wegwarf, leeren Vergnügungen nach. Denn ein Vergnügen nach seinem Sinn konnte er wohlfeiler haben. Er griff etwa zu einem Pack alter Fliegender Blätter, die er sich einst bei Kallenberg, als man sie verbrennen wollte, auserbeten hatte und nun längst von hinten bis vorne auswendig wußte. Oder er fischte sich aus der Tiefe seines Koffers den rotgebundenen Trompeter von Säckingen, ein zerlesenes Bändchen, das bereits aus dem Einband ging. Obgleich dies seit seiner Schulentlassung das einzige Buch war, das Hänfling durchgelesen, sah er darin den Inbegriff der Poesie, weil zu gutem Ende die Freiherrnmaid ihren Pistonbläser und päpstlichen Kapellmeister bekommt, der schon vor zweihundert Jahren so rührend »Behüt dich Gott, es wär' zu schön gewesen...« blies. Mit diesem Werturteil hielt er sich kurzerhand an seinen sächsischen Kameraden in Bonn, der ihm öfters, wie er sich auszudrücken pflegte, über die Stellung Shakespeares in der Weltpoesie berichtete, von dem er gerade bloß den »Sturm« gelesen hatte: »Der Schägsbier hat großartig geschrieben«, pflegte er zu sagen; »der ›Sturm‹ ist sein Bestes!«

Seinen »Trompeter« hatte Hänfling aus dem fünfbändigen Bücherschatz des Kreisschreibers entlehnt, in welchem es das bunteste Bändchen war und zwischen zwei wissenschaftlichen Werken stand, die betitelt waren »Die Fleischkost als Ursache aller Krankheiten« oder »Wie erlange ich meine Gesundheit wieder?« und »So sollt ihr leben!« von Pfarrer Sebastian Kneipp. Er hatte das hübsche Bändchen zurückzugeben versäumt, woraus er sich indes kein sonderliches Gewissen machte; denn seiner Meinung nach besaß der Kreisschreiber doch kein richtiges Verhältnis zur Poesie. Den Leseschatz aber vollendeten ihm ein Dutzend Gartenlaubenummern; diese hatte ihm einst eine lesefrohe Obstlerin als Ausgleich für sieben Pfennige überlassen, die sie ihm nicht herausgeben konnte. Solcherweise also vertat Hänfling, leidlich vergnügt, seinen Sonntagnachmittag, worauf er noch einen Rundgang ums Städtchen machte oder eine Strecke dem See entlang wandelte und sich angesichts der heimkehrenden Ausflügler freute, daß er so hübsch seine Groschen gespart hatte. Erlaubte er sich dann etwa noch ein Gläslein Bier, so glaubte er fröhlich und menschenwürdig gelebt zu haben, weil ihm menschenwürdig vor allem wohlfeil hieß.

An diesem Sonntag seiner Gewissenserweckung aber benahm sich Hänfling ganz wider seine sonstige Übung. Kaum hatte er nämlich sein Mittagsbrot eingenommen, ja, er kaute noch an dessen Rest, da zog er schon ins Freie, stocherte gedankenvoll die Zähne unterwegs, und als er so zwei Streichhölzer völlig zu Pinseln gekaut hatte, ging er auf dem bewaldeten Getrümmer einer Burg vor Anker, wo man See und Stadt und die vom gewundenen Fluß durchzogene Ebene im Blick einfing: eine sonnige Weite, worüber jedes Herz einem sehnsüchtigen Glücksjubel anheimfiel. Nicht so des Schlesiers. Dieser fand sich vielmehr in der Heimlichkeit des grünen Waldzimmers bedrückt und neuerlich der Empfindung ausgeliefert, die ihn den ganzen Morgen nicht losgelassen hatte, und gab sich der Reue hin über die schöne Zeit, die er bei Kallenberg arbeitslos vertrödelte. Durch das dichte Laubdach über ihm spielte da und dort dieselbe tätige Sonne herein, die ihn schon in aller Frühe gemahnt hatte. Aus der Baumhöhe aber klang, ganz wie morgens die Tombakuhr, als der eindringlichste Zeitmesser jetzt das nichtsnutzige Singen einer verliebten Amsel, und kein Lüftchen noch leisestes Laubgewisper wollte das Aufmerken von dem süßen Minutenzähler weglenken. Da litt es den Porzellanmaler, der solchem Überdrang von Frieden und Schönheit nicht gewachsen war, nicht länger auf der Lattenbank unter dem sangesfrohen Vogel. Er erhob sich, rüttelte seine eingeschlafenen Ganghölzer zurecht und ging eilig den Burghügel hinab und dem kühlen Waldtobel entlang, in Sinnen, Wägen und Überlegen verloren, als müßte er da die Entschließung endlich finden. Doch sollte er bald erkennen, daß dies keine so leichte Sache war. Er kam darüber in die Nähe des Städtchens zurück, und schon stand er auf dem Punkte, für diesmal die Entscheidung noch fallen zu lassen, als dieser seiner Absicht ein erfreulicher Umstand zu Hilfe kam. Ein lustiges Tassenklingen rief ihn in die Wirklichkeit zurück, und als sein schnobernder Windfang jetzt auch ein feines Kaffeegerüchlein einsog, das über ein buntes Gärtchen bis zur Straße herüberfächelte, folgte er ohne langes Besinnen dieser Duftfährte und saß im nächsten Augenblick im Bau der Jungfer Hufnagel, Kaffee trinkend, Kuchen mampfend und plaudernd, und vergessen war ihm vorläufig alles Ringen um Entschluß und Entscheidung. Die Korsettlerin aber war entschlossener und sann und dachte anders in ihrem Herzen. Und wie sie berufen war, ihren Geschlechtsgenossinnen eine gute Gestalt zu schaffen oder sie ihnen zu bessern und zurechtzurichten, so dünkte sie sich nicht minder befähigt, auch dem Jüngling ihrer Wahl das bessere Schicksal nach ihrem eigenen Willen zu formen.

Aber wenn es dieser auch gelungen war, den Unschlüssigen zu einem Entschluß fortzureißen, so brodelte es am andern Morgen doch nur noch recht vorsichtig in dem Porzellanmalerherzen, als er wiederum kein winziges Stück Arbeit vorfand, und er hielt es für ratsam, ohne Überstürzung vorzugehen. Also überzählte er vorläufig neben der Arbeit her, die leider nicht da war, in seinem Rechnungsbüchlein die jährlich verarbeitete Stückzahl, dann seine Einnahmen, endlich die gebrauchte Zeit nach Stunden; die kommenden Tage wiederholte er diese Nebenbeschäftigung, öfters sogar mehrere Male, um ganz sicher zu gehen, und als er schließlich aus seinen Zahlen das Mittel zog, ergab sich, er könne dem Glaswarenhändler einen mäßigen Stücklohn vorschlagen, wobei keiner ungerecht übervorteilt wäre, und erwürbe er sich dann noch einige Kundschaft hinzu, die ihm Luise und der Kreisschreiber zuzulenken versprochen hatten, so mochte er leichtlich zwei Mark achtzig im Tag verdienen, eher mehr, und war obendrein ein freier Herr: ein weiterer Gewinn, auf den er freilich bisher nie einen Wert gelegt. So mochte er denn kühnlich den Schritt wagen. Nichtsdestoweniger kam ihm dieser wie ein Wahnsinnsanfall vor, und unter einem jähen Wechsel von heißem und kaltem Schweiß nahm er die Zustimmung des Brotherrn entgegen, die ihm wie ein Todesurteil klang. So siedelte er denn, von guten Wünschen Evangelistas begleitet, mit seinem Werkzeug auf die Giebelkammer über und richtete sich für die Arbeit ein, als harrte sie seiner klafterweise. Er prüfte sogleich das Armgestell, auf dem Tisch, ob es nicht wackle, zog probehalber an seiner Kaffeetasse zwei rote Streifen, die untadelig gerieten, und indem er darin eine Vorbedeutung künftigen Gelingens sah, blieb er gleich mit dem Pinsel in der Hand am Tische sitzen und hätte am liebsten ungesäumt mit der Arbeit begonnen, atemlos und unermüdlich; nur war leider nichts, rein und rattenkahl nichts da.

Damit war denn der Schlesier auf der tiefsten Talsohle seines Glücks angelangt. Und er hatte Ursache genug, täglich in eine neue gelinde Verzweiflung zu geraten und seinen Schritt zu bereuen. Jeden Morgen ging er in die Krebsscherengasse, als ob er dort Arbeit an den Haaren herbeischleppen könnte. Am Mittwoch begann ihm vor dem Wochenschluß zu bangen. Samstags aber schlich er wie um Lohnes willen um das Glasgeschäft herum, einem Einbrecher ähnlich, der sich immer wieder weggescheucht sieht, und hätte vor ohnmächtigem Unmut hinausweinen mögen. Wie um sich für sein törichtes Unterfangen zu bestrafen, versagte er sich das Nachtessen und kroch mit bitterem Hunger bei hellem Tage ins Bett, um nur diese undankbare Welt nimmer sehen zu müssen, die ihm keine Arbeit gab. Den ganzen Sonntag blieb er auf seiner Kammer und aß bloß abends einen Happen trockenen Schwarzbrots, damit er dem Hunger nicht erlag. Die nächste Woche brachte eine dürftige Hoffnung: Er konnte schon zwei Mark siebenundsechzig einstreichen, und ließ er sich's an Wasser und Brot genügen, so brauchte er wenigstens sein Erspartes nicht anzugreifen; denn diesen ehernen Fels seiner wirtschaftlichen Grundsätze abzubröckeln, würde ihn, fürchtete er, unabwendlich zum Verschwender gemacht haben. Da es ihn aber bei fortgesetzter Untätigkeit auch nicht auf seiner Giebelkammer litt und die Natur zu jener Zeit gerade die Beerenreife besorgte, zog er ganze Nachmittage in die Wälder hinaus und fütterte sich kostenlos an ihren Früchten satt. Wo hätte er je gedacht, daß er auf so kummervollem Umweg wieder zur Pflanzenkost zurückkehren werde, die er einst beim Kreisschreiber so töricht und verblendet aufgegeben hatte!

In der Wüste dieser Arbeitslosigkeit verfiel er aber bald einer zweiten Verblendung. Teils von Bekannten ermuntert, mehr aber aus eigener Entschließung trat er dem Turnverein bei, in der Erwartung, Aufträge und Empfehlungen durch seine Kameraden zu bekommen. Statt dessen heischte man wenige Tage später den Mitgliedsbeitrag von ihm. Mit der Frage: »Muß das denn jetzt schon sein?« griff er nach seinem dürftigen Beutelein; dabei war ihm aber zu Mute wie jenem Heiligen, dem sie die Gedärme aus dem Leib haspelten, freilich gegen die Anwartschaft auf die ewige Seligkeit, wohingegen der ausgeraubte Porzellanmaler nur noch fragen durfte, welche Steuern ihm nach solcher Brandschatzung noch weiter oblägen. Indes fürchtete er umsonst; ja, es boten sich ihm bald einige Aufträge, die alles wieder aufwogen, und er ist denn auch in der Folge dem Verein treu geblieben, von dem er noch manches Erfreuliche genoß.

Da blies miteins ein freundlicherer Schicksalswind in sein Lebensbuch und wendete das trübe Blatt. Johannes Evangelista ward wieder der Bringer froher Botschaft, und der schwergeprüfte Schlesier gab sich freudig seiner beliebten Beschäftigung hin: Er reihte pfeifend und singend auf seinem Tisch die Gegenstände auf, die bemalt werden sollten, schichtete die Untertassen und die Aschenschalen; die bemalte Ware aber türmte er meterhoch empor und pflanzte sie auf den Kammerboden wie einen porzellanen Säulenwald hin, auf den er wie ein zufriedener Gottvater und Schöpfer herüberschaute, worauf er Pöstchen um Pöstchen in sein Rechnungsbüchlein malte, welch frohe Beschäftigung er allerdings vor dem Herrgott voraushatte. Und ihm war dabei, er fühle leibhaft die Wunderwirkung des Amulettes, das er in Gestalt eines gefundenen Kupferpfennigs in der Westentasche auf dem Herzen trug; er schrieb ihm denn auch die schöne Wendung zu, mochte sie gleich etwas zögernd gekommen sein.

Und mit dem allmählich steigenden Glück stieg ihm auch der Mut. Er erbat sich im Geschäft eine alte, an einer Ecke ausgebrochene Porzellanplatte, dergleichen er sonst mit Grabinschriften zu versehen hatte, diesmal aber gegenteilig dem tätigen Leben widmen wollte. Statt: Ruhe in Frieden! hätte er gerne: Arbeite in Frieden! daraufgeschrieben. Er pinselte also seinen Namen darauf mit dem Doppelberuf eines Glas- und Porzellanmalers, worunter er, zwischen farbigen Schnörkeln, noch anfügte: Anfertigung von Stickereizeichnungen, Namenszügen, Wappen, Schablonen und dergleichen. Diese Platte schraubte er mit den drei heilen Ecken an die Haustüre an, worauf er harrend auf seiner hohen Giebelwarte saß, wie die Spinne im Netz, und die Dinge an sich herankommen ließ. Und je weniger ihm sein schlesisches Weberblut, das oft bebeklagte Erbteil seiner Eltern, erlaubte, ihnen tätig entgegenzugehen, um so tapferer schienen sie zu ihm heranzukommen. Da erinnerte er sich freudig einer Weissagung, die wohl jetzt in Erfüllung gehen sollte. In Poppelsdorf hatte ihm eine Zigeunerin aus der Hand gelesen und eine kleine Linie im Saturnberg als ein schönes Glückszeichen gedeutet; daß die Alte die Wahrheit sprach, erkannte er daran, daß sie aus seiner langen geraden Kopflinie seine nicht gemeine Sparsamkeit ersah. Er hatte damals freilich erfahren müssen, daß die wahrsagende Hexe neben ihrer Handlesekunst auch eine schöne Fingerfertigkeit besaß; noch heute verwahrte er unter ausgedienten Hosenknöpfen zwei serbische Nickelstücke, während ihm nach dem Weggehen der Zigeunerin damals zwei Markstücke fehlten. Über der neuen Wendung mochte er aber jenen Unterschied verschmerzen und fand es klüger, des Kommenden froh gewärtig zu sein. Und es kam das Glück.

Im Städtchen lebte und wirkte nämlich Herr Heinrich Plazidus Sanfthobel, voreinst ein schüchtern begabter Maler, jetzt Inhaber eines Kunstgeschäftchens, das er, bevor ihm der Künstlerehrgeiz zu hoch in die Krone gestiegen war, von seinem Schwiegervater übernommen hatte und woraus er mit verschiedenen Sorten Radiergummi, Malerleinwand, Farben, Reißnägeln, Bleistiften, sowie den süßen Köpfchen und Bildchen beliebterer Maler in allerhand Nachbildung ein hübsches Gewinnchen zog, insbesondere aus den Erzeugnissen eines Leipziger Hauses »Schmücke dein Heim!« für die er im ganzen Bezirk den

Alleinvertrieb hatte, auch aus mancherlei Kunsttrödel für Brautpaare und jeden erdenklichen Geschmack, abgerechnet guten. Mit diesem Grundstock seines Daseins verband er die Vorstandschaft des Kunstvereins; weil er aber in dieser Eigenschaft nur das Allerbedeutendste der neueren Richtung ausstellen wollte, trat er bei den Einwohnern des Städtchens dem eigenen Geschäftsvorteil weiter nicht in den Weg und galt doch zugleich als eifriger Kunstförderer unter seinen Mitbürgern. Dieser kluge Januskopf verfiel auf den Gedanken, sich noch einen besondern Erwerbszweig zu schaffen, vornehmlich für die durchreisenden Fremden: Es waren dies kleine Holztruhen, die, mit Tiefbrandmalerei und Messingnägeln verziert, sehr wohl Käufer locken mochten. Sabine Sanfthobel, seine Frau, jedoch, die ihm das Kunstgeschäft mit in die Ehe gebracht, vordem aber in München bei zahmster Begabung die wilde Maldame gespielt hatte, erträumte sich goldene Berge von einer Umwertung aller Geschmackswerte und unternahm es also, alte Bauerntöpfereien nachzuahmen und als edleres Kunstgewerbe in hohen Kreisen abzusetzen, wozu es bloß saftiger Preise bedurfte. Für dieses kluge weiland Künstlerpaar war Hänfling der Mann, wie sie ihn nur wünschen konnten. Er war glückselig, gegen wohlfeiles Entgelt die nicht minder wohlfeilen Geschmacksansprüche der beiden zu erfüllen, sofern nur nicht ein anderer die Arbeit bekam. Also begab er sich eines Tages gegen bescheidenen Stücklohn ans Werk, machte schnell, wie er sagte, aus der Arbeit eine Gelenksache, so einfältig waren die Muster, und rechnete schon zum voraus den Verdienst aus, was ihn in einen jodelnden Jubel versetzte. Er tanzte herum, sang einmal ums andere das frohe Wort: Es ist eine Lust zu leben! pfiff es nach einer schnurrigen Weise und schnalzte mit den Fingern dazu. Schöner hätte ihm das Glück nicht in die Bude schneien können.

Von Stund ab saß er unermüdet entweder auf seiner Giebelkammer über der Arbeit für das Porzellangeschäft oder im beizenden Rauch der Brandmalerei an den Ahorntruhen, in die er mit kindischem Eifer die Messingnägel einhämmerte, als gelte ihm jeder zumindest ein Goldstück, oder er arbeitete beim alten Töpfer im Nachbardorf, der die Töpfe für Sabine Sanfthobel formte und brannte. Hänfling aber hatte sie mit Beguß zu versehen und den Zierat mit der Nadel einzugraben oder mit dem Gießhörnchen daraufzuschnörkeln; denn aus formlosen Schnörkeln bestand das ganze Formenwerk des blaustrümpflichen Weibes, und ob sie nun von mißdeuteten Blumen, von Schlangen, Sternen, Band- oder Regenwürmern stammen mochten, Hänfling jedenfalls schnörkelte sie alle mit gleich maschinenmäßiger Inbrunst hin. Er saß für sich, etwas abseits von dem Alten, der an seiner Töpferscheibe das Pfeiflein schmauchte und von Zeit zu Zeit das Schnapsfläschchen unter der blauroten Nase ins Gesicht steckte. Währenddessen freute sich der unermüdliche Schlesier der für den Brand fertigen Gefäße, die sich rasch und stattlich auf den Gestellen aufreihten und jedes so und so viele Groschen Wertes für ihn darstellten. Doch war sein Glückshimmel in der Töpferbude nicht zu jeder Stunde gleich wolkenlos; ja, nicht selten saß der Ängstliche zitternd unter einem aufziehenden Gewitter. Das geschah etwa, wenn der eigensinnige Alte Frau Sabines Töpferware einfältiges Bauernzeug schalt oder gar der krittligen Kunstdame den Plunder vor die Füße warf und sich verschwor, keine Hand weiter für sie zu rühren, wenn sie sich noch einmal in seine Arbeit mische. Für Hänfling nämlich hieß es Wahnwitz, um eigener Meinung willen sichere Verdienstgroschen aufs Spiel zu setzen; der Töpfer dagegen stand seinen Mann, besonders im ersten Grad besiegter Nüchternheit, und Frau Sabine, die den Ehrgeiz besaß, ihre Ware im Entstehen einigermaßen zu überwachen, brauchte nur in den Garten zu treten, wo die Werkstätte lag, so wetterleuchtete es auch schon um die rote Nase des Alten; die Töpferscheibe flog rascher unter seinen bloßen Füßen, und die Gefäße bauchten sich wuchtiger empor, gereizten Schlangenknäueln ähnlich, die sich dem nahenden Feinde entgegenbäumten. In solchen Augenblicken mißriet Hänfling nicht selten ein Schnörkel, und er mußte ihn wegkratzen und neu hinziehen, wenn die herrische Künstlerin weg war. Mit der Zeit aber gewöhnte er sich daran, ja witzelte zuweilen gar über die Walküre, sobald er sie nur daherrauschen und hereinluften sah. Wie verträglich schien daneben Heinrich Plazidus, der immer mit gleich zufriedenem Weißfischblick die Truhen samt der Rechnung entgegennahm und ohne Anstehn gleich bezahlte! Doch blieben alle drei Teile, jeder auf seine besondere Weise, zufrieden und glücklich; am meisten Grund dazu glaubte aber Hänfling zu haben. Seine Einnahmen wuchsen nämlich in einem nie verhofften Maße, und er konnte jeden Monat ein hübsches Geld zur Sparkasse tragen, was eine seiner liebsten Beschäftigungen war. Nicht aber, daß er sich drum etwas mehr gegönnt hätte als in kargen Zeiten; es hatte ihn mit dem bessern Einkommen vielmehr die Meinung angewandelt, jetzt auch besser sparen zu sollen, und er benützte ganz nach Art solch tapferer Zinsfüßler weidlich jede Gelegenheit dazu. So ließ er es z. B. ohne Widerspruch gelten, daß ihm die Korsettlerin, die sich ihm wieder eifriger näherte, alles erdenkliche Eßbare aus Keller und Rauchfang zuhamsterte, wie es verliebter Landmädchen Art ist. Oder daß sie ihn zu ihren Eltern schleppte, wo ein warmes Nachtessen ihm die Zunge löste und er dafür von seinen Erlebnissen in der Heimat, in Berlin und Bonn erzählte, wobei er meist ein bißchen aufschnitt; denn diese Erlebnisse waren keineswegs bemerkenswerter gewesen als sein gegenwärtiges dürftiges Treiben, wo er sich wie ein Engerling nie ins helle Leben wagte. Doch kam er bei seinen Gastgebern in den Geruch eines trefflichen Unterhalters und wohl nicht minder trefflichen Tochtermanns, wenn es das Glück etwa wollte, und so bildeten die Vier, die sich sonst den Menschen wenig anschlossen, zusammen bald ein zufriedenes Weltklösterlein, wobei besonders Hänfling an leiblichem Heil nicht zu kurz kam. Zur Gegenleistung für solch liebevolle Betreuung verstand er sich indessen kaum. Oder doch höchstens zu einem trockenen Spaziergang, wobei aber die Jungfer nicht irgendwie auf feuchte Gastfreundschaft anspielen durfte. Denn da flitzte er sogleich klüglich. Er blieb stehen, atmete fünf- oder sechsmal tief, lobte die wunderbar schöne Luft, wie er sich berlinerisch ausdrückte, und pries überhaupt den gesundheitlichen Wert sonntäglicher Bewegung, während man wochenüber immer sein Sitzleder strapazieren müsse und ihm die überfüllten Wirtshäuser mit ihrem Tabaksqualm und Lärm ein unüberwindlicher Greuel seien. Aber die liebende Korsettlerin verzieh ihm auch diese Knickerei, ja vermehrte noch ihre Opferwilligkeit, indem sie ihm die Leibwäsche besorgte, Strümpfe stopfte oder anstrickte und die Kleider ausbesserte, damit er Sonntags wie Werktags etwas sauberer einherginge. Und Hänfling ließ sich diese Form der Huldigung ruhig gefallen und richtete im Elternhüttchen Luisens allmählich ein Wallfahrtsörtlein ein mit dem merkwürdigsten Gottesdienst, insofern seine Heilige, statt Weihgeschenke zu erhalten, solche dem Pilgrim selber darzubringen liebte. Und nicht eben lange währte es, so war diese wunderbare Schützerin eines sonderbaren Frommen auch schon nicht mehr seine einzige; denn der schnöde Wallfahrer pilgerte bald zu einer Nebenbuhlerin, bei der indes spaßigerweise das ganze Verehrungswesen kaum minder seltsam auf dem Kopfe stand.

Diese andere Person, die in Hänflings Geschick freundlich eingreifen sollte, hieß Hyazintha, kurzweg Zintha genannt, und pflegte treu und sorglich eine alte Witwe, Frau Doktor Siebenziel, die in nächster Nachbarschaft der Töpferei wohnte, also daß der neue Mitarbeiter des alten Töpfers den beiden Damen nicht lange verborgen blieb. Unter etwelchem Vorwand hatte Zintha schon einigemal den Weg in die Werkstätte gefunden, ohne daß sie indes je ein Wort an den Schlesier gerichtet hätte, der immer gar so fleißig war. Da fand sich dieser unverhofft eines Tages zum Nachmittagskaffee eingeladen, mit dem Bemerken, daß Frau Doktor eine Absage nicht gelten lasse. Die mitleidigen Frauen hatten nämlich gefunden, Hänfling schaue immer etwas hungrig oder nur halbsatt aus den Augen, was die guten Seelen nicht mitansehen konnten. Er kam also, und kaum saß er unter ihnen, so quetschten sie ihn mit neugierigen, aber teilnehmenden Fragen weidlich aus, was er ganz ruhig, ja höflich hinnahm; denn sie stopften ihn dafür mit Kaffeekuchen, Butterbrot, Honig oder allerlei Früchtenmus, worüber der Glasmaler in dem Maße, wie sein Hunger wich, gesprächiger wurde, nicht anders, als hätte er von dem Kaffeewerk ein leichtes Räuschlein abbekommen. Und er fand diese nahrhafte Behandlung so erfreulich, daß er sich im stillen die Fortsetzung der Einladungen erhoffte und, als sie erfolgte, auch ohne langes Zieren annahm. Von nun ab aß er zu Mittag gewöhnlich nur noch ein Stück Roggenbrot, das er in die Werkstätte mitbrachte, feuchtete es wohl mit einem Schlücklein Schnaps vom Töpfer an und knabberte bestenfalls, damit auch die andere Verehrerin ihr Teil Verdienst an seiner Ernährung habe, einige gedörrte Birnschnitze dazu. Aber auch in diesem neuen Verhältnis fand er Nehmen seliger denn Geben oder bestritt doch höchstens die Kosten des Gesprächs, da ihm als weitgewandertem Norddeutschen die beiden Dörflerinnen am Munde hingen wie die Wespen an der Traube; denn er wußte immer schnurriges Zeug zu erzählen, als wäre er bei allen losen Streichen Held und Rädelsführer und obendrein Mitläufer und Mitschuldiger gewesen. Nicht selten wurde er dann, besonders im Winter, wo der Töpfer zeitig Feierabend machte, von den einsamen Frauenseelen zum Nachtessen behalten und vertrieb sich so die Abendstunden aufs angenehmste in der warmen Weiberstube, während er auf seiner öden Giebelbude frieren oder aber Kohlen und Licht hätte verschwenden müssen. Da mochte er denn gern nach bewältigtem Nachtessen die Hände überm satten Magen falten, die Daumen umeinander kreisen lassen und zufrieden »So sollt ihr leben!« in sich hineingrunzen. Nur an Gegenleistung dachte er auch hier so wenig wie bei der Jungfer Korsettlerin, und jemehr nun Zintha ebenfalls darauf brannte, von ihm ins Eheglück hineinkutschiert zu werden, desto vorsichtiger vermied er ein Wort, das ihn hätte verpflichten können, pilgerte aber nichtsdestoweniger unentwegt zu seinem neuen Gnadenorte. Nur am Weihnachtsabend blieb er unsichtbar, und als er von beiden Anbeterinnen am folgenden Nachmittag Geschenke auf seiner Kammer vorfand, hatte er zwar einen Augenblick die beschämende Anwandlung, sich knickerisch und undankbar gezeigt zu haben, ging aber rasch darüber zur Tagesordnung, nämlich zu der angenehmen Schlaraffenpflicht über, die Gaben aus den zwei Bergen von Eßbarkeiten herauszugraben, worein sie die aufmerksamen Schönen so fürsorglich verborgen hatten.

Doch obgleich alles sich damals so hübsch zu seinem Glücke wendete, so trieb Hänfling seine Nickelpürsch nur noch geiziger und gieriger. So brannte er bei Kallenberg jetzt die Porzellanware selbst und stand für ein Dutzend Groschen die halbe Nacht schürend vor der Muffel: ein Nebenverdienstchen, das er rücksichtslos dem Hausdiener abgejagt hatte. Auch der Turnverein war ihm weiter nichts als eine Milchziege, aus der er für allerhand Arbeiten ein hübsches Geldchen herausmolk. Hingegen pflegte er an den gemeinsamen Turnfahrten nur teilzunehmen, wenn alles aus der Vereinskasse bezahlt wurde; diese füllte sich aber aus Strafgeldern für versäumte Übungen, dergleichen er sich natürlich nie zu Schulden kommen ließ. Und um den Turnerball vollends hätte er sich am liebsten ganz herumgedrückt. Sein Herz blutete im Geldbeutel, als er für Luise, die für ihre mannigfachen Opfer sich hier einmal ein Vergnügen eintauschen wollte, die paar Tanzgroschen zu erlegen hatte. Dafür ließ er es geschehen, daß sie heimlich beider Zehrung beglich, und machte bloß einen kümmerlichen Scheinversuch, ihr die Auslagen zu ersetzen; kaum nämlich, daß sie dies halbwegs abzulehnen schien, steckte er auch schon sein Geld wieder ein und begrub die peinliche Geldgeschichte, wie ers nannte, um nie wieder darauf zurückzukommen.

In jener so ergiebigen Zeit machte er außerdem einige Bekanntschaften, die ihm geeignet schienen, sein Glück noch zu fördern und zu festigen. Das war zum ersten der Baron von Ebental und sein Sohn. Und jetzt mochte sich ihm eine vergessene Weissagung aus seiner Knabenzeit erfüllen, derzufolge er einst mit vornehmen Herrschaften in Verkehr treten und schönen Gewinn daraus ziehen sollte. Darunter zählte er weiterhin Herrn Michel Orion, den Dichter, der geschwaderweise Gedankensplitter für die Fliegenden Blätter dichtete, zu guter Letzt aber den Maler Emil Edlinger, der sich Kunstmaler schrieb und hübsche Bilder für die »Gartenlaube« malte. Inbezug auf den Baron und Michel Orion hatte sich jene Weissagung des alten Dorflumps bereits bewahrheitet – sie hatten Hänfling einige gute Aufträge gegeben – beim Kunstmaler hingegen sollte sich die Sache erst ziemlich spät erfüllen; unterdessen mochte der Porzellanmaler sich der

freundlichen Hoffnung erfreuen, womit er sich fürs erste
denn auch zufrieden gab.

So gedieh ihm alles aufs beste, und er hatte als bescheidene Natur weiter keine nennenswerten Wünsche,
genoß vielmehr ruhig eines gemessenen Gleichmuts, wie
er dürftigen Seelen eigen ist. Aber auf diesem sonnigen
Kulm des Glücks hatte das Schicksal sich vorgenommen,
ihn zu zwacken und zu zupfen, und zwar, indem es ihn
gerade bei seinen kleinen Tugendzipfeln faßte: seiner
Sparsamkeit nämlich und der ängstlichen Vorsicht, sich
keinen andern ins Gäu kommen zu lassen. Zuvörderst
gab ihm ein Traum zu denken. Jene Poppelsdorfer Zigeunerin war ihm erschienen. Wie voreinst hatte sie ihm
die eine Handlinie gutgeheißen, ebenso einige winzige
Ästchen freundlich benickt, die von der Lebenslinie auf-
wärtsgingen; als sie daran aber auch absteigende fand,
begann sie den Kopf zu schütteln, wurde dabei immer
kleiner und verschwand endlich unter lautem Krachen in
den Boden hinein. Darob erwachend, sah Hänfling, daß
zwar bloß die Katze seine Kaffeetasse herabgeworfen
hatte, worin sie ein Restchen Milch entdeckt, der Traum
also eine ganz nüchterne natürliche Erklärung fand;
doch war in dem Abergläubischen gleichwohl jedes Bedenken geweckt, und er dachte auch sogleich an die kopf-
schüttelnde Hexe, als sich die Dinge unfreundlicher zu
gestalten schienen. War dabei jedoch der tätige Ursacher
ein nichtsnützer Mensch, der nur auf Geld aus war, ungeachtet woher es kommen mochte, so trug zum Unheil
doch kaum weniger die Groschengier Hänflings bei, der
wohl überall gerne gewinnen, aber nirgends etwas aufs
Spiel setzen wollte und am liebsten jeder Gewerbefreiheit
einen Riegel vorgeschoben hätte, soweit wenigstens, als
es sein eigen Handwerk betraf.

Den ihm nun die Vorsehung auf den Hals schickte,
war ein etwa fünfunddreißigjähriger Mensch mit Namen

Storzel, der schon einigemal in Geschäften dem Schicksal und auch der hohen Gerechtigkeit unter die Räder geraten war, aber mit Schmeicheln und Großsprechen sich bei dem eiteln Edlinger einzuführen verstanden hatte. Diesen wollte der Kunstmaler wiederholentlich mit dem Glasmaler bekannt machen; der Schlesier aber hatte dem Glücksritter vom ersten Blick an nicht über den Weg getraut; vollends verabscheute er ihn, als er erfuhr, dieser Mensch pumpe Gott und die Welt an, wo er bloß einen Geldbeutel vermute. Eines Tages aber wurde er doch mit dem mittellosen Großsprecher bekannt, und noch hatten sie keine zehn Worte gewechselt, so schlug ihm Storzel auch schon vor, gemeinsam das Geschäft des Töpfers zu kaufen und für Frau Sanfthobel die Arbeiten zu liefern. Mit dieser lag damals der süffelnde Alte gerade wieder in Fehde, infolgedessen er schon mehrere Tage nicht arbeitete. Hänfling lehnte den Vorschlag ab; nicht minder gelang es ihm, mit Hilfe Sanfthobels auch einer zweiten Gefahr siegreich zu begegnen; Storzel aber, der um jeden Preis sich Geld verschaffen wollte, ließ nicht locker und schneite eines Tages dem geängstigten Schlesier in die Bude, und zwar mit einigen windigen Entwürfen für bemalte Spanschachteln, nahm gewohnheitsmäßig das Maul voll großer Worte und tönte sie unter wichtigen Gebärden an den Verschüchterten hin: er werde Sanfthobel ein Jahr lang mit halben Preisen unterbieten und mit den neuen Artikeln die ganze Eidgenossenschaft überschwemmen und erobern. Es gehe jetzt um Mein und Dein und um Sein oder Nichtsein und Hänfling könne nun tätig mitwirken und zwar unter Zuschuß von mindestens zweihundert Mark – denn zu einem solchen Geschäftskampf seien Kriegskosten nötig – oder er, Storzel, unternehme die Sache auf eigene Faust; denn in Geschäftsdingen sei er ein Bismarck und sage kurzweg Entweder – Oder und Macht geht vor Ohnmacht; in diesem

35

Zeichen habe er nämlich noch immer gesiegt. Während er dieses Feuerwerk prasselnder Reden vor dem Porzellanmaler abbrannte, saß dieser zusammengedonnert vor dem Drehscheibchen, den Pinsel in der Hand, und sah durch die Stahlbrille den lauten Großsprecher kleinmütig und schweigend an, kaum daß er etwa den Einwand wagte: gegen Sanfthobel, der viel Geld und eine ausgedehnte Kundschaft besitze, sei nicht aufzukommen. Aber erst als der andere weg war, fiel Hänfling der ganze Schrecken seiner bedrohten Lage an; wie ein gehetztes Füchslein lief er in seinem Bau herum, von Ecke zu Ecke, vom Fenster zur Türe, wischte sich den Angstschweiß von der Stirn und forschte und sann und spähte, ob er noch irgendwo eine Notröhre eräuge, die ihm Rettung brächte. Als solche entdeckte er schließlich die Korsettmacherin, und diese, die hier wieder eine Gelegenheit sah, sich Hänfling zu verpflichten und enger an sich zu ketten, begann auch sogleich, wie Storzel, mit Entweder-Oder zu schalten, denen sie aber die dringenderen Namen Gewinn oder Verlust gab und noch sonst einige wirtschaftliche Grundsätze anheftete, die Hänfling bestimmen sollten; doch brachte sie den Gehetzten erst zur Strecke, als sie mit hundert Mark Zuschuß zu dem Unternehmen anrückte und so seine schlimmste Sorge zur Hälfte auf ihre Schultern nahm. Da bestellte er Spanschachteln, machte Gewinnberechnungen und warf sich voll Eifers auf die Arbeit, und Luise half ihm sogar dabei nach Kräften, indem sie ihm die Muster auf die Schachteln aufbauste: ganz wie dem Gläubigen die Mutter Gottes helfen mag, wenn er sie nur inbrünstig genug darum anfleht.

Aber Jungfer Hufnagel hatte ihn nicht ihrem Herzen enger verkettet, wie sie hoffte – im Gegenteil: Der Undankbare bereute insgeheim bald das überstürzte Unternehmen, verdachte ihr's, daß sie ihn dazu gedrängt hatte, und wünschte im Herzen nichts sehnlicher, als ihr die

hundert Mark bald aus dem Gewinn zurückzahlen zu
können. Ja, er war schnöde genug, in ebenjener Zeit Augen und Wünsche auf ein drittes Mädchenwesen zu werfen, das der Korsettmacherin an Reizen erheblich überlegen und geeignet war, das nüchterne Gemüt des Porzellanmalers in Unruhe und etwelche Unordnung zu
bringen. Aber nicht ein lebendiges Herz voll drängender
Wärme und Liebessehnsucht brachte er ihr entgegen,
wie er vielleicht selber wähnen mochte, sondern sein
Sparbüchsenherz, das da rasselte und klapperte, sobald
es ein anderes klappern und rasseln hörte. Und das war
hier der Fall, wie er aus mancherlei Nachweis zu wissen
glaubte.

Dieser neuentdeckte Mädchenstern führte den Namen
Hulda Wolkenstieg und war die einzige Tochter eines
Haarkünstlers, der vor kurzem in Hänflings Nachbarschaft gezogen war und, da er die vornehmere Kundschaft des Städtchens besaß, für Bartschaben fünf Pfennig mehr nahm als die andern seines Gewerbes, fürs
Haarschneiden gar einen Groschen mehr, was in Hänflings Augen durchaus nicht ohne Belang war. Auf diese
Tochter war außer den schönen Schwärmeraugen des Vaters auch seine haarkünstlerische Begabung fortgeerbt;
sie wirkte daher vornehmlich in den bessern Damenkrei-
sen, besonders aber in der nahen Nervenheilanstalt, wo
sie die russischen und polnischen Fürstinnen und ähnliche Kranke jeden Vormittag frisieren und nicht selten
ihnen auch gegen Abend noch die Haargebäude neu auf-
richten mußte und dafür neben gutem Lohn, den sie
vornehm Honorar benannte, ein nicht unbedeutendes
Trinkgeld einnahm, wofür sie gleichfalls ein feineres
Fremdwort wußte. Hielt Hänfling neben diese Haupt-
vorzüge noch ihre braunsamtenen Rehaugen und das
Herzkirschenmündchen, endlich aber ihr Vermögen, wovon er bestimmte Kunde haben wollte, so gelang es selbst

seiner nüchternen Einbildungskraft, in der kleinen Frisöse einen Engel zu sehen, und er begann den Gedanken an eine Heirat mit einigem Ernst im Herzen zu wälzen. Sein Geldtäschchen hüpfte ihm in der Hosentasche, wenn er des Mädchens ansichtig ward, und hatte er einige Minuten Zeit oder zufällig mit Hulda denselben Weg, so säuselte er hinter ihr her, wie ein Wind hinter dem aufgewirbelten Staubwölkchen, und richtete seinen platten Gang zu einem gewissen Schweben ein, der schlimmen Zehe zum Trotz, die ihm gerade damals besonders zu schaffen machte. Ja, um ihrer Bekanntschaft willen ließ er gar sich eines Tages bei ihrem Vater das Haar scheren, und da dieser augenblicklich niemand zu bedienen hatte und auch etwas gemütlich und pomadig arbeitete, kamen die beiden in ein unterhaltendes Gespräch und zwar über nichts Geringeres als die neueste Richtung der modernen Malerei und welchen Weg sie nach ihrer unmaßgeblichen Meinung voraussichtlich nehmen werde. Denn die Frisöre sind in allen Sätteln der Unterhaltung gerecht und erkühnen sich spielend über Dinge zu reden, in denen selbst Fachleute sich Zurückhaltung auferlegen. Als Vertreter der modernen Malerei im Städtchen galt den beiden natürlich der Kunstmaler Edlinger; doch ging mit dessen neuesten Wegen der Haarkünstler augenblicklich nicht ganz einig, insofern der Künstler gegenwärtig vom eigentlichen Zweck seiner Kunst merklich abweiche und Salomeen- und Beethovenköpfe male statt wie früher gute Bilder für die Gartenlaube. Die Kunstmalerei wolle eben richtig betrieben sein – meinte Fridolin Wolkenstieg –, sonst bringe sie nichts ein und der gute Künstler werde zum Hungerkünstler, was zwar oft sein Los, aber nicht seine eigentliche Bestimmung sei. Indes verzieh er Edlinger diese zeitweiligen Irrgänge großmütig, in Anbetracht daß dieser neuerdings des Haarscherers Töchterlein zu malen wünschte; das beweise bereits seine Rückkehr auf die alten guten Wege, wie das denn auch Schiller so schön ausdrücke mit dem Wort: Es strebt der Mensch, solang er irrt. Mit solch haaröl duftender Belehrung beladen empfahl sich der verliebte Hänfling endlich, ohne daß er indes Gelegenheit gefunden hätte, mit seiner Angebeteten zu sprechen; erst draußen, als er nochmals in den Laden zurückblickte, sah er sie dort die Trümmer seines Haars zusammenkehren und hinaustragen, vermutlich um sie ins Feuer zu werfen, was ihm eine etwas trübe Vorbedeutung schien. Indes lernte er sie kurz hernach beim Kunstmaler kennen und beschloß nun, seine Liebessache mit einigem Nachdruck zu betreiben. Er war aber auf dem besten Wege zu dem schönen Ziel, als er sich mit seiner engen Knickerei selber den Fallstrick legte.

Nach der Feuerwehrordnung des Städtchens mußte er nämlich jedes Vierteljahr einer Löschübung genügen und hatte, um dieses Stündlein zu sparen, wiederholt schon die Enthebungstaxe bezahlen wollen, aber stets die zwei Mark, die er schon entschlossen in der Hand gehalten, wieder sorglich ins Geldtäschchen zurückgleiten lassen. Da erlaubte ihm eines Tages Hulda, sie auf ihrem Gang zur Nervenheilanstalt, den sie ihre auswärtige Praxis nannte, zu begleiten, und Hänfling nahm sich vor, nicht nur dieses holde Amt in Züchten auszuüben, sondern dem Mädchen bei dieser Gelegenheit einmal einige Worte von seiner Liebe zu sagen, wenn auch, seiner Schüchternheit gemäß, vorläufig nur andeutungsweise. Also wichste er die Schuhe ein bißchen nach, tat eine bessere Krawatte an, machte sich pünktlich auf den Weg und legte sich in seinem ziemlich heftig arbeitenden Innern die Worte zurecht, die er der angebeteten Haarkräuslerin vortragen wollte, wobei er auch gleich, um das erdichtete Gebild seiner Unterredung ordentlich zu runden, Huldas mutmaßliche Antworten gar zierlich einfügte. So gelangte er beflügelt an den Ort ihrer Abrede. Als er aber in den Pappelgang am See einbog und klopfenden Herzens schon in der Ferne Hulda wartend hin- und hergehen sah, worauf er zur Stärkung rasch noch einen gedörrten Birnschnitz verzehrte, da erklang vom Stadttor her das Trompetenzeichen zur Löschübung, gerade als wollte der Hornist ihn boshafterweise zur öffentlichen Pflicht befehligen zur selben Minute, wo Hänfling seinen persönlichsten eigenen Zielen zustrebte. Den Liebespilger überfiel ein lähmender Zwiespalt, den er freilich mit dem mannhaften Entschluß, die paar Groschen Buße zu zahlen, leicht hätte lösen können. Er verlor aber ob dem eindringlichen Hornruf den Kopf und fühlte sich von zwei ebenbürtigen Mächten gezerrt und gebeutelt, wie ein Knäuel Lumpen zwischen zwei spielenden Hunden, und hätte sich am liebsten gehälftet gesehen, um hierhin dem Rufe des Herzens, dorthin dem Gebot der Bürgerpflicht folgen zu können. Aber erst, als er am Spritzenhebel arbeitete, überfiel ihn mit aller Schwere die Erkenntnis, was er um der paar Groschen Strafe willen an ungleich höherem Wert einbüßen werde. Also bat er bei der ersten Ablösung um Urlaub und rannte wie besessen zum Pappelgang zurück und diesen durchhin, so rasch es sein Fußwerk zulassen mochte. Indes fand er Hulda nimmer dort vor, und erst, als er atemlos in die Nähe der Heilanstalt kam, entdeckte er sie wieder, aber zu seinem gewaltigen Schreck in Begleitung eines jungen Herrn, der sich unterdessen der harrenden Jungfrau angenommen haben mochte und den er, soweit es ihm ohne Brille möglich war, auch zu kennen glaubte. Jetzt gab sie dem Begleiter die Hand und verschwand im Park der Anstalt; der Schlesier aber glaubte sein Glück in den Boden versinken oder in der Luft verwehen zu sehen. Und so war es auch. Hulda gab ihm keine Gelegenheit mehr, das Versäumnis wieder gutzumachen, ja er mußte erleben, daß sie sich bald hernach mit seinem Nebenbuhler verlobte. Der hatte an jenem Tag vorgezogen, ruhig die Löschübung schwimmen zu lassen und dafür nach dem lebenden Glücke zu greifen, mochte sichs auch nur in Gestalt einer gefallsüchtigen Haarkräuslerin darbieten. Es war dies aber jener junge Aktuar, der einst bei Hänfling Porzellanmalen gelernt, die Stunde zu sechzig Pfennig, und zwei Zierteller mit Bildern aus dem »Trompeter« gemalt hatte. Auf dem einen blies jung Werner zum Schloß hinauf: Behüt dich Gott... Da mußte Hänfling abermals an die Poppelsdorfer Hexe denken, wie sie ihm im Traum erschienen war...

Dies war die erste fühlbare Strafe des Schicksals für Hänflings Grundtugend, wie er seine engherzige Sparsamkeit auslegte; zum zweiten nahm es ihm die einstige frohe Sicherheit des Erwerbens und wies ihn mit seiner Gewinnsucht an unsichere Abenteurer und Großsprecher wie Storzel. Wohl hatte dieser, der im Bernerbiet herum die mit Schweizerwappen und Edelweiß gezierten Spanschachteln als Muster für weitere Bestellungen verhandelte, einige Fränklein an Hänfling gesandt, angeblich dessen Anteil am ersten Erlös. Dann aber kam nichts weiter, wie sehr sich der Schlesier auch darnach sehnte, um wenigstens die eingelegten zweihundert Mark zurückzufischen und den fernern Gewinn ungeschmälert zur Sparkasse tragen zu können. Statt dessen forderte der Schachtelgesandte neue Muster, um, wie er großsprecherisch schrieb, auch die übrige Eidgenossenschaft damit als Kundschaft zu fangen, daneben aber einen weitern Betrag als Reisespesen; denn er müsse sich ungehindert umtun können, wenn er das Geschäft zur vollen Blüte bringen solle. Dessen weigerte sich nun Hänfling, worauf sein unternehmender Teilhaber einfach kein Lebenszeichen mehr sandte und den geängstigten Maler, der ihm längst alle Schachtelmuster anvertraut hatte, in ohnmächtiger Unruhe und lähmendem Verdrusse sitzen ließ. An Bosheit und Betrug dachte dieser gleichwohl noch nicht, und zu spät dämmerte ihm, daß jener das schöne Bargeld samt dem Erlös der Schachteln im Berner Oberland herum verjubeln könnte. Eine Briefstelle deutete er nämlich dahin, die da lautete: er habe gute Leute gefunden; doch müsse er zuweilen ein Fläschchen Wein springen lassen, um die stockigen Schweizer für Bestellungen vorzuwärmen. Über solch feuchter Tätigkeit war denn auch seine fröhliche Herrlichkeit in kurzem zu Ende gekommen, worauf der Nichtsnutz frei und frech im Städtchen wieder auftauchte und dem geprellten Groschenjäger nichts übrigblieb, als aus ihm das sündhaft geopferte Geld, wie es eben angehen mochte, wieder herauszuquetschen. Darüber verhärtete er aber sein Herz noch mehr, ging noch gieriger auf den roten Pfennig aus und brach sich noch törichter am Essen ab, und dieser Kummer, im Bund mit unzureichender Ernährung, mag nicht geringe Schuld an seinem frühen Abscheiden getragen haben.

Überhaupt hat ihn wohl dieser Schlag an der Herzwurzel getroffen. In seine Arbeit war seither ungesunde Hast und Übereifer gekommen, und die Freudlosigkeit blickte ihm aus den Augen, die nimmer wie in guter Zeit die kleine Zufriedenheitswärme blinkten, sondern bloß noch fiebrig aufleuchteten, etwa wenn er die Goldstücke von Sanfthobels einstrich, und auch dies tat er mit tonlosem Dank, als wären diese zwei armen Seelen an seinem Unglück schuld. Dabei begann er bereits Vorteile und Nachteile einer Verheiratung gegeneinander abzuwägen und fand schließlich gleich dem Apostel: Wer heirate, tue gut, besonders wenn die Frau einiges Erspartes mitbrächte, das man an den Zins legen könnte. Seine Neigung ging bei solchen Erwägungen jetzt natürlich mehr zu Zintha hin als auf Luise; dieser konnte er nicht vergeben, daß sie ihn in das verkrachte Schachtelunternehmen

42

hineinermutigt hatte, ohne nun auch die Folgen davon tragen zu helfen. Und die schweigende Entfremdung zwischen beiden wuchs noch, als Hänfling einmal Zintha in den Zirkus führte, wo sie von der anwesenden Korsettmacherin gesehen wurden. Ihre darauf folgende störrische Haltung vergalt er vorläufig mit Fernbleiben; denn über das enge Elend kleiner Herzen ragte er so wenig empor wie sie, nur daß die eifersüchtige Jungfer die nächstbeste Rache wählte, um ihrem Grolle Luft zu machen. Kurzsichtig und kopflos kündigte sie ihm die für Storzel vorgeschossenen hundert Mark, allerdings mit der Berechnung, er werde eher jede Demütigung von ihr leiden, als das schöne Geld hergeben, und werde um dessentwillen wohl gar seinen Liebeswagen in die alten Gleise zu ihr zurücklenken. Aber sie hatte ihn verloren und wußte dabei wohl nicht einmal die Schwere ihrer Einbuße zu ermessen; denn der Schlesier hätte sie am Ende doch noch geheiratet, ungeachtet, daß ihm kund geworden, sie besitze bereits ein Kind von einem frühern untreuen Liebhaber. Ihr hübsches Erspartes und die künftige Erbschaft ihres schuldenfreien Elternhäusleins hatten ihn nämlich zu Zeiten fast unternehmungslustig gestimmt. Jetzt aber wandte er sich zu Zintha und zwar mit dem Dreiviertelsentschluß, sie zu ehelichen, sobald er erst das verlorene Geld aus Storzel wieder herausgepreßt, weil er diese Sorge nicht mit in die Ehe nehmen wollte. Doch sollte er bald merken, daß dies keine so leichte Sache war.

Storzel hatte sich nach seiner Rückkehr mit einer ältern Jungfer zusammengetan, die aus dem Niederbruch ihrer väterlichen Unternehmungen ein Photographengeschäft gerettet hatte und es nun mit diesem dunkeln Teilhaber weiterbetrieb, freilich zum Erbarmen. Zwar erwies sich Storzel geschickt, Aufträge zu gewinnen, und obwohl er einem Aberglauben gemäß nur am Freitag Glück in Geschäften haben wollte und deshalb die übrige Woche blaumachte, wäre er mit Hilfe der Jungfer am Ende doch aus seinem Sumpfe herausgekommen, wenn er nicht allzu leichtsinnig kutschiert hätte. So benannte er gleich sein Dunkelkammer-Unternehmen großartig und umfassend: Lichtbildkunst, nur um sich von andern Helden seines Berufs schon durch den Titel des Geschäftes rühmlich zu unterscheiden. Ferner sagte er sich, die Seele jeglicher Kunst sei Vorschuß, und ließ sich demgemäß solchen auf jeden Auftrag auszahlen, worauf er ihn sogleich im nächsten Wirtshaus vertrank und das Geschäft, soweit es ihn betraf, damit als erledigt ansah. Bei solchem Gebaren mußte er bald mit der Jungfer in Unfrieden geraten, die eine Zeit lang keifend den Versuch machte, die Lichtbildkunst zu retten und zu einer bescheidenen Blüte zu bringen. Indes fand sie bald das Verfahren des andern Teils bequemer und angenehmer, und fortan, wenn dieser seine Räusche auswärts holte, um sie daheim auszuschlafen, trank sie die ihren daheim und schlief sie gleich neben den ausgehöhlten Flaschen am Arbeitstisch aus, damit doch für alle Fälle jemand im Geschäfte wäre. Als Hänfling sie einmal in solcher Verfassung antraf, Storzel nicht zu Hause, dagegen alle Türen sperrangelweit offen, kehrte er traurig und verdrießlich um; denn er sah im Geiste nur allzu deutlich das rasche Hinsterben dieser seltsamen Geschäftsblüte voraus. Er hätte aber weise getan, sich mit dieser Erkenntnis abzufinden und in neuer munterer Tätigkeit zu verschmerzen, was er an Storzel verloren hatte, statt sich vom Stachel dieses Verlusts unaufhörlich peinigen zu lassen, mit dem unangemessenen Erfolg, dabei ein paar Märklein mühselig zu erpressen. Denn während jener trotz Hänflings Quängeln und Drängen gedieh und als lebender Beweis für die Bekömmlichkeit eines leichten Sinns ein geründetes Bäuchlein herumtrug, verzehrte sich dieser auf seiner Pfennigpürsch und erkannte nicht, daß nur er selber dabei das gehetzte arme Wild war.

Verdrossenen Herzens tat er fortan seine gewohnte Arbeit und fühlte einige Versöhnung mit dem bittern Schicksal nur, wenn er seine Zahlen ins Rechnungsbüchlein malte, mit einer Art siegerischen Stolzes; denn es waren fast ohne Ausnahme hübsche Guthaben, die er bald in kleineren Zügen, bald schwadronenweise aufmarschieren ließ, wohingegen die Ausgaben immer allein im weiten Gelände standen, als einsame Wachtposten, und zwar feindliche, wie Hänfling dachte, da er nichts Widerwärtigeres und Mißlicheres kannte als etwa die Monatsmiete oder den Betrag der Frühstücksmilch, die er doch einmal nicht völlig entbehren konnte. Aber Freude, die ihm ein wärmendes Lächeln auf die Züge gerufen hätte, fand er keine mehr. Und eines Abends, als er über sein jüngstvergangenes halbes Jahr nachsann, nüchtern und mit Abweisung jeder rosarötlichen Selbsttäuschung, die sich hätte einschmuggeln können, fand er nicht einen Tag, den er heiter und unbefangen grüßen mochte; die letzten hellen Stunden, die er noch im alten Glücke ahnungslos genossen, legte er in einen einsam verbrachten Spaziergang zu Lenzbeginn zurück. Jenen Sonntag durfte er noch die Hoffnung nähren, daß Storzels Geschäftsreise Gewinns die Fülle tragen könne, obwohl der Schachtelgesandte schon damals ein etwas rätselhaftes Schweigen liebte. Daneben aber hatte Hänfling für den morgigen Montag einen umfänglichen Auftrag, der zwar vom einzelnen Stück recht wenig trug, durch die Masse aber, da die Arbeit eine Sache der Handfertigkeit war, in kürzestem ein schönes Stück Geld bringen mußte. Vormittags hatte er die Ware für Johannes Evangelista noch eilends fertiggestellt, für Sanfthobels aber während der verflossenen Woche soviel auf Vorrat gearbeitet, daß er die kommenden acht Tage an den neuen Auftrag wenden konnte, 25.000 Bierflaschen für eine Brauerei zu aichen, zwei Stück für einen Pfennig. Also durfte er sich wohl den halben Sonntag in freier Lenznatur gönnen, da er seiner Gesundheit auch was schuldete, und so beschloß er denn auch, gegen Mittag wegzugehen und auf diese Weise das Essen noch zu sparen; überhaupt entfaltete er jenen Nachmittag den ganzen Kleinbetrieb seiner Seele und unternahm es, sich glücklich zu fühlen, ohne ein Schrittchen über das vorgesetzte Maß hinauszugehen. Er mied alles, was sonst auf Ausflügen die Menschen zu ihrer Ergötzung ersinnen mögen, und ging, kaum lag das Städtchen hinter ihm, mutterseelenallein die Hügel hinan, alle Wege scheuend, wo etwa der Bürger mit Kind und Kegel dahintrollte, der junge Mensch mit seinem Schatz glücklich tat oder sich der Lateinschüler schwärmend mit seinen Freunden erging, um sich an Dasein und Lenzessonne zu freuen. Freilich jubelte es auch im Herzen Hänflings, aber immer mit Maß und Ziel, wie es ihm Gewohnheit und Grundsatz vorschrieben. Er dachte an die schönen Zahlen seines Auftrags, die er in allen Münzsorten durchrechnete; er sah die Blumen in den Wiesen und konnte sich unschwer einbilden, es lachten ihn da Goldstücke an, und wenn er die weißen Wölklein am Himmel ziehen sah, wünschte er, sie zählen zu können, und jedes würde derweilen ein Silbertaler, den er dann zur Sparkasse trüge, was seine beste Sonntagsbeschäftigung war. Sorgfältig mied er die Versuchung, Geld auszugeben, und ging Dörfern und Wirtsschildern nach Möglichkeit aus dem Wege, obschon sich Hunger und Durst aufständisch genug benahmen; denn bereits mit Sonnenaufgang hatte er seine Frühstücksmilch genommen. Selbst Michel Orion, dem Dichter, dem er begegnete, wie dieser über die Frühlingswiesen latschte, wäre er für diesmal am liebsten ausgewichen; er witterte nämlich hinter seinen Schöngeistereien und lauten Lenzgefühlsausbrüchen die kaum bemäntelte Absicht, ihn in den nächstbesten Biergarten hineinzulocken. Er fand denn auch, als er gegen Abend von den Hügeln niederstieg, den runden Dichter in einem Wirtsgarten am See sitzend, eine Batterie Bierflaschen und einen Käse vor sich, in lebhaftem Gespräch mit Edlinger und hätte sich jetzt wohl gerne zu ihnen gesetzt – denn sein Durst war fast übermenschlich geworden – er entdeckte aber in der Nähe Luise und dann auch Zintha, und so drückte er sich an dem Garten vorbei in ein nahes Wirtschäftchen, wo er das Wohlfeilste zu sich nahm, was er bekommen konnte. Da führte ihm ein glücklicher Zufall gar noch den jungen Baron Ebental zu, der ihm ein warmes Nachtessen mit gutem Getränk auftragen ließ und der auch mit einem heißen Kaffee den ausgetrockneten Leichnam Hänflings wieder auf die Beine brachte, sodaß er nicht bloß den Tag gutheißen, sondern erst recht noch den Abend loben konnte. Das in dem Brennpunkt dieses Lenzsonntags gesammelte Glück war das letzte gewesen, dessen der Schlesier ohne Einschränkung freudig gedenken mochte. Den folgenden Morgen schon hatte er sich vorsetzen müssen, unerbittlich über den Tausenden von Flaschen, die er zu aichen hatte, das unselige Storzelunternehmen zu vergessen, wie schwer ihm das auch fiel, und das schöne Sümmchen, das er bei dem Flaschengeschäft innert kurzer acht Tage verdient hatte, mahnte ihn nur allzuschmerzlich, daß das am ehrlichsten erworbene Geld durch die Verkettung unglücklicher Umstände gar leicht in böse Hände kommt, die kein Verdienst an seiner Erwerbung gehabt haben. Und mit diesem Gedanken fand sich Hänfling aus seinem kurzen Glückstraum wieder in die Wirklichkeit und zum Alltag mit seiner Sorge zurück ...

Höherer Sorge als das verlorene Ersparte hätte ihm aber ein anderes wert sein müssen, war's gleich nicht mit Geld zu bemessen. Er fühlte Nachwirkungen seiner Kellerbeschäftigung, wie er glaubte: von der Flußsäure, die er zum Flaschenätzen benützt hatte, litt er an Stechen auf der Brust und hustete oft hart und anhaltend. Zintha und Frau Doktor taten an ihrem Kranken, wie sie ihn bemutternd hießen, das Menschenmögliche und ruhten nicht in seiner Pflege, bis sie alle ihre Hausmittelchen erschöpft hatten. Lindenblusttee, auch heißes Honigwasser sollten allheilbringend sein, dann eine drei- oder vierfache Flanellbinde um die Brust, da der Husten aus der Tiefe grollte; auch ein Kirschensteinsäcklein wurde ihm mitgegeben: so heiß wie möglich auf die Brust zu legen, lautete die Verordnung; zuletzt aber legten sie ihm eindringlich das Katzenfell ans Herz; Frau Siebenziel holte es aus der untersten Lade ihrer Kommode hervor, streichelte zärtlich mit ihrer gelben Hand darüber, als wäre es die gute alte Katze selber noch, die es geliefert, und überreichte es Hänfling dann, und zwar etwas steif und feierlich, als brächte sie ihm darauf die goldenen Schlüssel zu seiner Genesung dar. Dieser Katzenbalg hatte voreinst dem nunmehr seligen Doktor Siebenziel in ähnlicher Verfassung Linderung gebracht; den sollte fortan der Hustende Tag und Nacht auf der Brust tragen, als unsichtbare Brünne gegen Erkältung, und da ihn der Husten nicht wenig an der Arbeit hinderte, auch ziemlich schmerzhaft war, befolgte Hänfling den Rat, wenn auch ungern. Zu einer planmäßigen Schonung aber, die ihm die Frauenspersonen mit eindringlichen Worten empfahlen, ließ er sich nicht herbei; vielmehr übernahm er ebendamals eine Arbeit, die seinen Zustand nur weiter gefährden mußte, nämlich die Herstellung einiger tausend Wäscheschablonen; er atmete aber, da er nebenbei an Sanfthobels Truhen arbeitete, mit dem beizenden Rauch des Ahornholzes die scharfen Dämpfe des Scheidewassers ein, in welchem er die feinen Kupferblechgebilde sich entwickeln ließ. Schalten ihn darob die Weiber, weil so jede Pflege unnütz sei, die sie an ihn wandten, so seufzte er grämlich, klagte über die Schlechtigkeit der Menschen, die ja einen zu solcher Arbeit nötigten, weil die ganze Welt auf Lug und Trug aus sei, wobei er natürlich an Storzel dachte, und meinte schließlich, die Krankheit müsse von selber wieder weichen, wie sie auch von selber gekommen sei. Aber während er so im alten Treiben weiterhastete, als könne er die Natur nach seinen Zwecken lenken, ging diese unbekümmert ihren Weg; nur hatte sie ein anderes Ziel im Auge, als sich der Schlesier einbilden mochte.

Noch war ihm die Vorsehung freundlich gesinnt und machte sich gar den Scherz, ihm wieder eine unverhoffte Freude zu schicken, die sie mit einer für den rastlos tätigen Hänfling recht spaßigen Lehre verband: nämlich, daß das Geldverdienen nicht unter allen Umständen, wie er bis anhin geglaubt, mit Mühsal und dauerhaftem Sitzleder verkettet sein müsse. Zum Werkzeug dieser Belehrung aber bestimmte das Schicksal Edlinger, den Kunstmaler, an welchem somit Hänfling auch noch seinen Gewinn haben sollte. Dieser bat den Schlesier, als eben bei Johannes Evangelista ein etwas flauer Geschäftsgang herrschte, ihm einige Zeit zu einem Kunstwerke Modell zu sitzen, gegen hübschen Stundenlohn. Er hatte nämlich den Auftrag, eine Ratssitzung zu malen: ein Sälchen voll schwarzberockter Menschen, die, wie eine grobe Bleistiftskizze zeigte, alle mit gar gewichtigen Gesichtern aus dem Bilde herausschauen sollten. Hänfling sagte zu, begierig genug zu sehen, wie ein solches Kunstwerk wohl entstehe. Also mußte er sich denn jedesmal einige Stunden in einen schwarzen Anzug stecken, den einer der Ratsherren zu diesem Zweck hergeliehen hatte, und bald diese, bald jene Haltung einnehmen, bis der Kunstmaler die fünfzehn oder sechzehn feierlichen Ratsherrnfuterale in unterschiedlichen, wenn auch etwas erzwungenen Stellungen nachgebildet hatte, natürlicherweise vorläufig ohne Gesichter; es war also gewissermaßen ein geköpfter Männerverein oder, wie Hänfling witzelte, die richtige kopflose Ratsversammlung, der hernach die Denkschatullen, jede einzeln, nach der Natur aufgemalt wurden. Damit war denn die Gesellschaft endlich belebt, das geistvolle Kunstwerk vollendet und die Mitarbeiter, jeder auf seine besondere Weise, damit zufrieden: Sie waren allesamt gar bescheidene Helden.

Merkwürdigerweise hatte Hänfling für diese Art untätiger Tätigkeit wenig Verständnis und war froh, wieder an seine gewohnte Arbeit zurückzukehren, die er trotz seinem leidenden Zustand ungeschmälert weitertrieb. Doch erwog er in dieser Lage ernstlicher zwei gewichtige Fragen: zum ersten, ob er, um zu einem geordnetern Dasein und fürsorgender Pflege zu kommen, sich entschließe, Zintha zu heiraten – denn im Handumkehren werde der Mensch alt und habe dann das Recht verwirkt, in Dingen der Ehe wählerisch zu sein – zum zweiten, ob er sich endlich von der Löschübung solle befreien lassen; denn mit genauer Not war er neulich einer Buße entgangen, da er die Stunde der Übung nicht sicher gewußt hatte. Beide Erwägungen, wobei er sich schließlich dem Ja zugeneigt, blieben aber ohne Ausführung, und Hänfling freute sich, die zwei Mark für diesmal, da das Jahr sich doch schon neigte, noch gespart zu haben. Allein nicht lange hernach sollte er es auch schon bereuen. Eines Morgens nämlich, im ersten Winter früh um drei Uhr, wo er wegen des feuchten Wetters und mehr noch aus Ruhebedürfnis am liebsten im warmen Bett geblieben wäre und sich auch besann, ob er dem Feuerruf folge oder lieber die paar Groschen Strafe zahle, glaubte er in diesem Ruf der Pflicht eine Mahnung zu sehen, oder vielmehr schon die zweite – denn er gedachte jenes Abends, wo er auf diese Weise die Neigung Hulda Wol-

kenstiegs verloren hatte – indes wenige Minuten später
stand er gleichwohl pumpend an der Spritze und, als er
abgelöst wurde, in feuchter Novemberluft schwitzend
und schlotternd nebenan, des neuen Befehls gewärtig,
während seine Schicksalsgenossen sich in der nahen
Wirtschaft an einem dünnen Kaffee wärmten, den bei
nächtlichen Brandfällen die Stadt mit einem Gutschein
auf fünf Groschen spendete. Diesen Schein zog Hänfling
vor, hernach in bar einzulösen, und eilte nach getaner
Pflicht durchfroren in sein Bett zurück, wo er sich hoch
und heilig schwor: Diesmal noch und nie wieder! Einen
solchen Wink mußte ihm das Schicksal geben, daß er
sich entschließe, seiner leidenden Gesundheit ein kleines
Opfer zu bringen! Indes ließ es ihm keine Zeit mehr
dazu; es hatte mit ihm abgerechnet. Wenige Tage hernach wurde er ernstlicher leidend, so daß er manchmal
daran dachte, ins Krankenhaus zu gehen. Doch bäumte
er sich gegen das Leiden auf und versuchte selbst im Fieber sein altes Wesen rastloser Gewinnsucht weiterzutreiben. Auch verschmähte er ärztlichen Rat, wozu ihn seine
Hauswirtin aufzurütteln suchte; denn sie ängstigte sich
um ihren Mietsherrn, desgleichen sie so leicht nicht wieder finden mochte. Als er sich in seinem elenden Zustand
endlich entschloß, um der Pflege und ordentlichen Es-
sens willen ins Krankenhaus überzusiedeln, fand er jedoch keinen dringendern Gedanken, als der Stadt die
Heilkosten aufzubürden; denn in ihrem Dienst habe er
sich die Krankheit geholt, in jener Brandnacht nämlich,
an der Feuerspritze. Selbst in den irren Fieberträumen
seines Leidenslagers stieg ihm dieser Anspruch immer
wieder empor und äußerte sich bald in drohenden Worten, bald flehentlich und weinerlich. Sogar der Gram
über Storzels verlorenes Darlehen und seine Sorge um
die Arbeit, die nun liegenbleiben mußte, bewegten seine
Seele nicht gleichermaßen. Genau zwei Tage lang trieb

er so sein Fieberwesen unter der Hand der ohnmächtigen Ärzte. Dann war er getilgt und weggewischt...

Das Schicksal, wie es manchmal seine Spässe mit den Menschen treibt, verfügte den heitern Schabernack, daß ein leichtsinniger Trunkenbold, Hänflings Schwager, von dem der ängstliche Sparer manchmal taler- und fünf-markweise angepumpt worden war, zuweilen freilich vergebens, zur Erbteilung kommen mußte und im Namen seiner Frau, geborenen Hänfling, ein erfreuliches Erbe antrat: gegen vierthalbtausend Mark, die sich der Ängst-liche am Munde abgespart hatte, um im Alter nun nichts davon zu genießen, wie er sich davon törichterweise in der Jugend nichts gegönnt hatte. In seinem Rechenbüch-lein fanden sich einigemale auf der Ausgabenseite, fast ohne jede Gesellschaft, kleine Beträge verzeichnet, mit dem ingrimmigen Zusatz etwa: »Schwager Degen, dem Lump geliehen!« Einmal hieß es gar: »Dem unverbesser-lichen Süffel«; darunter aber stand, dreifach rot unter-strichen: »Hänfling, werde hart!« Es ist aber fraglich, ob es der Unverbesserliche je gelesen hat...

Bald nach Hänflings Hinscheiden kam das Gerücht auf, der Porzellanmaler habe ein Tagebuch geführt, ge-wissermaßen Erinnerungen oder Denkwürdigkeiten aus seinem Leben. Dieses Gerücht mutet befremdend an; man fragt sich, wo der Arbeitsame zu solch uneinträgli-cher Nebenarbeit die Zeit hergenommen. Um so mehr müßte man sich freuen, kämen eines Tages diese sagen-haften Aufzeichnungen noch zum Vorschein, wäre es doch so belehrend wie unterhaltsam, zu sehen, was sich diese Seele vom Leben und von der Welt für ein Bild ge-malt hat!

Gustav Hänfling
(Holzstich von Heinrich Ernst Kromer)

Die Denkwürdigkeiten Gustav Hänflings

Allmählich scheint es besser zu kommen; anfangs ging es aber manchmal schon recht flau. Entsetzlich, diese Unsicherheit! Und so herumsitzen ohne Arbeit! Es war ein Wagnis von mir! Ob ich nicht doch besser im Taglohn geblieben wäre? Sicherheit ist was Schönes: Das hab ich in diesen vier Wochen manchmal gefühlt; oft ein dutzendmal im Tag. Wie gesagt: Es war ein Wagnis, und ich frage mich, ob ichs ein zweites Mal wieder unternähme...

Ist eben ein zu kleines Geschäft, dieser Kallenberg; und etwas ängstlich, dünkt mir, und ohne Unternehmungsgeist. Könnte ja doch auf Vorrat arbeiten lassen, wie sies in Berlin auch taten; da lief immer was Schönes ein für den Arbeiter, und das Geschäft war hübsch gerüstet, wenn Bestellungen kamen. Und unsereins hatte sein Gewisses und brauchte sich nicht zu sorgen. Aber Kallenberg will nur Sicherheit. Hat ja ganz recht von seinem Standpunkt aus; ich machte es am Ende auch so; aber er hat Geld, viel Geld – und ich bin Gustav Hänfling...

Gott sei Dank! Ich glaubte schon, es gehe so weiter wie heute früh; da kam noch Arbeit, und ich machte mich unverzüglich dahinter. (Denn man soll nichts versäumen.) Fünfundsiebzig Tassen mit dem üblichen Muster – Rosen und Vergißmeinnicht –, das mir geläufig ist. Das Stück fünf Pfennig; macht drei Mark fünfundsiebzig. (In einem Tag aufgearbeitet; damit es kleckt! mußte freilich die halbe Nacht dazunehmen.) Ferner drei kleine Grabtafeln mit Inschrift und R. I. P. darunter; siebzehn Pfennig das Stück; macht einundfünfzig; zusammen vier Mark sechsundzwanzig. Der erste gute Tag innert vier Wochen. Es ist ein Anfang, und ich kann nicht klagen.

Ich hätte wirklich nicht eintreten sollen! (In den Turnverein nämlich.) Aber ich versprach mir Aufträge davon.

Habe bis dahin freilich nur Auslagen gehabt. Sprach nun gestern abend mit Hackel. Der meinte, es gebe immer was zu verdienen; er wolle mal Arbeit für mich beantragen: Stammkrüge mit Wappen; das trage einige Groschen. Na, wenn ich bloß den Jahresbeitrag herauskriege und ein paar Nickel darüber; denn ich darf mich wirklich nicht so übernehmen mit Wünschen!

Heute die Miete bezahlt. Auch wieder ein hübsches Stück Geld! Und die Wirtin scheint mich steigern zu wollen. Sie machte solche Andeutungen. Es sei alles so teuer: das Leben, die Steuern, die Gemeindeumlagen. So 'ne wohlhabende Frau und zu klagen! Was soll da unsereins machen? »Gott, was wollen Sie sagen, Herr Hänfling! Sie sind ein alleinstehender Mensch und haben für niemand zu sorgen!« sagte sie; »aber ich – ich habe einen kränklichen Mann und zwei Häuser. Nein, diese Auslagen!« Und so murkste sie weiter. Ich schenkte ihr schließlich kein Gehör mehr; denn ich merkte, wo das hinauswollte; da ging sie, und ich machte mich hinter meine Tassen.

Kallenberg schickte ein paar Dutzend Aschenbecher und dreißig Teller (für den »Goldenen Engel«). Na, wenigstens so viel! Dachte schon, ich müßte wieder frei laufen, um den Tag herumbringen zu können; denn es ist was Schreckliches, so auf dem Zimmer sitzen und nichts zu tun haben! Die schöne verlorene Zeit! Und die Zeit hat doch bloß Sinn, wenn man was verdient. Lieferte die Arbeit spät abends noch ab und fragte Kallenberg, ob es für morgen was zu tun gäbe? Er zuckte die Achseln. Da wagte ich den Vorschlag, auf Vorrat arbeiten zu lassen. Er ging aber nicht darauf ein; die Zeiten seien schlecht. So'n wohlhabender Mann! Und wagt nichts...

Heute wieder den ganzen Nachmittag im Wald gelegen! Hatte keine Arbeit. Soll das nun so weitergehen? Nein, da fahre ich lieber wieder nach Berlin! Ich fand eine Menge Beeren und aß mich satt; so sparte ich mir doch das Essen. Besuchte abends noch den Kreisschreiber; er setzte mir ein Glas Milch vor und Reisbrei, und frug mich, ob ich nicht wieder bei ihm Kost nehmen wollte; die Fleischkost sei ja so teuer. Wich ihm aber aus; ich kann mich nicht an einen festen Tisch binden, wenn ich so unsicher im Erwerb bin.

Das fehlte noch! Die Hauswirtin will mich steigern. Um eine Mark im Monat. Acht Mark für die Giebelkammer! Und habe doch meine eigenen Möbel! Ich setzte ihr die Pistole auf die Brust, indem ich ihr ganz höflich erklärte, dann müsse sie mir aber für den Winter auch Doppelfenster stellen. Will nicht wieder, wie vergangenes Jahr, halb erfrieren, wenn mir der Ostwind vom See her schier die Scheiben eindrückt und jedes Blatt Papier vom Arbeitstisch bläst. Da drückte sie sich mürrisch, und es bleibt beim alten. Kriege freilich auch die Doppelfenster nicht.

Selbständigkeit? Und Stücklohn? Und nur soviel wie Kallenberg eben schickt? Das sind Schicksalsfragen, und ich lebe in keinem kleinen Zwiespalt. Freilich: So habe ich manchmal meinen freien Lauf, während ich im Taglohn im Geschäft sitzen muß, mochte Arbeit da sein oder nicht. Und die Zeit reute mich dann um so bitterer, wenn ich nichts zu tun hatte. Und der Lohn war auch mit Unrecht verdient. Aber ich hatte meine Sicherheit, und Sicherheit ist was wert...

Ich muß mich nach Kundschaft umtun: Zeichnungen auf Seide, Schriften auf Stoffe, Wappen und dergleichen Zeug für Bierkrüge und Pfeifenköpfe; man ist ja vielseitig, Gott sei dank; da sollte es doch nicht fehlen können! Freilich, man müßte mehr Selbstvertrauen haben und sich besser den Leuten anzubieten verstehen...

Da schreibe ich nun Denkwürdigkeiten und schlage die Zeit damit tot! Was ich freilich nicht sollte. Aber nichts arbeiten fällt aufs Gemüt, wenn mans nicht gewohnt ist, und Müßiggang ist wirklich aller Laster Anfang. Weil man nämlich nichts dabei verdient…

Die Geschichte wird allmählich tragisch. Ja wenn ich ordentlich Arbeit hätte! Nun war auch noch der Steuerfritze da, und die dumme Gans von Wirtin hat den Betrag ausgelegt (noch nach dem alten Steuersatz, wo ich jetzt doch viel weniger verdiene!). Ich ging aufs Amt und legte Beschwerde ein. Da hätte ich früher kommen sollen, hieß es; man werde aber meine Beschwerde zur Kenntnis nehmen und prüfen.

Im Turnverein regt sichs. Es kann mir am Ende doch nützen; ein Kamerad brachte mir nämlich seinen Stammkrug, auf dem er das Turnerwappen und seinen Namen haben will. Was fordere ich da nun für? Der Mensch hat ja Geld, aber ich mag ihn doch nicht vor den Bauch stoßen mit einem hohen Preis; sonst läuft er mir zu einem andern; man muß sich die Leute warm halten, die einem etwas zu verdienen geben; es sind ihrer nicht zu viele…

Kaum hat man ein bißchen Aussicht, so trifft einen gleich das Unglück. Ich zerbrach eine Aschenschale, die mir Kallenberg zu fünfzehn Pfennig berechnen wird, wenn er dahinterkommt. Muß es zu vertuschen suchen, wozu mir das Ladenfräulein vielleicht hilft, die mich wohl leiden mag. Werde um Ladenschluß die Ware rasch einschmuggeln; da mag sich die Sache drechseln lassen.

Zwei Mark achtzig war mein Taglohn. Überrechne ich alles, so komme ich für vergangenen Monat auf zwei Mark zehn täglich. Das heißt rückwärts gehaust. Und das sollen wir nicht! Habe mir nun eine Firmentafel gemacht, die mir der junge Kallenberg geschenkt hat. (War nämlich ein Eckchen dran ausgebrochen. Der Alte [der Knicker!] wollte mir fünf Groschen für das Brennen anrechnen, konnte ihms aber ausreden, indem ich ihn lächelnd beim Ehrenzipfel nahm: Er werde doch kein Kümmelspalter sein! sagte ich.) Habe sie jetzt an der Haustür befestigt; die Wirtin lieh mir einige Schrauben dazu. Hätte es der Filzin nicht zugetraut...

Die Steuerbrüder waren hochherzig, setzten mir den Betrag auf die Hälfte herab, so daß ich noch zwei Mark sechzehn herausbekam. Da lebe ich vier Tage von. Nehme nämlich kein Frühstück mehr, vorerst, obschon mirs die Wirtin auf einen oder zwei Monate auslegen würde. Und koche mir mittags selbst: eine Knorrische Suppentafel zu zehn oder ein Endchen Hohenlohe-Erbswurst (schmeckt ganz schön und sättigt rasch). Abends dasselbe und einen Schluck Wasser dazu, statt Biers. Denn ich bin kein Trinker, wennschon ich einem oder zwei Glas Bier nicht abhold bin. Will aber eben sparen und um keinen Preis mein Erspartes angreifen. (Man muß seine Grundsätze haben.)

Die zerbrochene Aschenschale glücklich durchgeschmuggelt, will sagen: eine neue dafür untergeschoben; die Ladnerin schenkte mir eine; denn ich möchte nicht betrügen.

Für den gemalten Stammkrug neunzig Pfennig gekriegt, ohne Widerrede. Er werde mich empfehlen, sagte der Kamerad. Will sehen, ob er Wort hält. Die Menschheit verspricht viel, und ich habe in diesem Stück meine Erfahrung!
    Wollte eben zu Bette gehen (um halb sieben abends, um das Nachtessen zu sparen), da hatte das Schicksal

anders beschlossen. Hackel kam und lud mich zu einem Glas Wein ein. Was ich zwar ablehnen wollte, konnte aber seine Gastfreundschaft nicht vor den Kopf stoßen. Denn das schickt sich nicht. Wir gingen ins Wörnbrunner Schlößchen draußen am See, das ich von meiner Giebelstube sehen kann und immer für einen alten Landsitz hielt, nicht für ein Wirtshaus. Ist aber sehr schön dort; es liegt mit seinen alten Bäumen dicht am Wasser, und man schenkt einen guten Wein. War mir zwar etwas bang wegen der Folgen, da ich nichts gegessen hatte, was man beim Weintrinken nicht soll, da fuhr auch schon eine prächtige Portion Tilsiterkäse mit Butter auf – schmeckte köstlich! – und eine Platte kalten Aufschnitts. Denn Hackel ist ziemlich hochherzig und läßt sich nicht lumpen. Aber er trank etwas zuviel (glaube ich), und das sollte man nicht! (Schade um das schöne Geld.) Auf dem Heimweg wollte er nochmals einkehren; ich wehrte aber dawider. Lieber ein andermal, sagte ich (obwohl mirs ja nichts gekostet hätte). Denn genug ist genug, oder schon zuviel. So ging er denn mit mir zur Stadt zurück und erzählte unterwegs allerhand Schnurren und drollige Geschichten aus seinem Dienst; kaum glaubliches Zeug! Das sollte er nun nicht! denn es sind Amtsgeheimnisse, und es könnte ihm seine Stellung kosten, wenn ihn einer verriete. Gibt ja schrecklich böse Menschen. Er ging dann noch in den »Goldenen Engel«, wohin er mich auch mitnehmen wollte. Trollte mich aber heimwärts; denn ich hatte genug und war froh, daß ich zu Bette kam.

Geschieht ihm schon recht: Was knickert er so! (Kallenberg nämlich.) Der ganze letzte Einsatz im Ofen ist verbrannt! So was den Hausdiener besorgen zu lassen, der doch nicht Fachmann ist (und obendrein trinkt)! Hätte ers nur mir aufgetragen! Jetzt übernehme ichs und kriege eine Mark zwanzig für viereinhalb bis fünf Stunden.

Gefundenes Geld! Besorge nämlich die Arbeit nach Feierabend und lasse mir ein Glas Bier dazu an die Muffel bringen. Und einen Limburgerkäse; der junge Kallenberg bezahlts.

Endlich eine Art Erlösung! (sozusagen!) Für die ganze Männerriege Stammkrüge mit Wappen zu liefern; ihrer vierunddreißig. Hackel hat es durchgesetzt. Bekomme die Krüge von Kallenberg, zum Dutzendpreis einen Groschen billiger: macht drei Mark vierzig. Einen Nickel kann ich draufschlagen: zusammen sechs Mark achtzig. Die Deckel beziehe ich aus München und nehme zwei Groschen dran: macht nochmals sechs Mark achtzig; zusammen dreizehn sechzig. Meine Arbeit berechne ich mit einer Mark das Stück; das übrige ist Kallenbergs Sache. Verdiene also eine schöne Stange Geld und kann mal wieder einige Taler zur Kasse bringen, was immer eine erhebende Sache ist. Will das Glück zwar nicht beschreien; aber wer weiß? vielleicht setzt es doch ein.

Ob ichs wage? Vorsicht, Hänfling! Es böte zwar Sicherheit ein Unterpfand auf sein Haus, was eine hübsche Sache wäre und einen guten Zins: viereinhalb vom Hundert. Die Sparkasse gibt nur dreidreiviertel. Es ist ein großer Entschluß und vielleicht eine Schicksalswendung in meinem Leben, und die sollte mich nicht klein und ängstlich finden. Frisch gewagt, doch mit Vorsicht! Viereinhalb vom Hundert ist ein Wort! Aber tausend Mark auch! Ist zwar eine ehrliche Seele, der Kreisschreiber, und ich müßte ihm eigentlich Vertrauen entgegenbringen. Fünfundvierzig Mark Zins. Statt siebenunddreißig fünfzig. Will die Sache noch mal beschlafen!

Bin tüchtig in den Krügen drin, und die Arbeit kleckt! Habe mir eine Schablone für das Turnerwappen geschnitten, so daß ich hernach nur noch die Namen von Hand ausmalen muß, was eine Gelenksache ist. Hoffe in zwei, drei Tagen fertig zu sein und das Zeug im Brande zu haben. Macht dann dreizehn Mark sechzig und vierunddreißig Mark, gleich siebenundvierzig Mark sechzig; dazu einen halben Taler fürs Einbrennen: an die fünfzig Mark in längstens drei Tagen! Ja, wenn man immer Aufträge hätte!...

Mein Firmenschild wirkt. Schon einen Auftrag: Auf eine Plüschdecke für ein Buch oder Heft eine Leier mit M.O. und einigen Sternen aufzuzeichnen. (Für eine Stickerei.) Habe es fein und glücklich entworfen und bereits auf den Stoff aufgepaust. Gefällt es, so soll noch ein Stammkrug folgen. (Dasselbe Muster.) Ich tue mein möglichstes: Es muß mich empfehlen.

Die Krüge sind abgeliefert. Nächsten Turnabend krieg ich mein Geld!

Meine Lage wird rosiger! (Unberufen!) Kallenberg braucht Ware und hat jetzt täglich was für mich; so geht doch die Zeit nicht verloren, was nämlich was Schreckliches ist. Die Plüschzeichnung trug eine Mark zwanzig ein; dazu den Stammkrugauftrag. Aus der Turnerkasse erhielt ich fünfzig Mark, statt neunundvierzig zehn (zwei Goldstücke und zwei Fünferscheine). Ich konnte nämlich nicht herausgeben, da sagte Hackel: »Einstecken, Hänfling; einstecken!« Habe das schöne Geld bei der Arbeit immer neben mir liegen, sehe es ab und zu an, streichle es und freue mich meines Daseins.

War heute mal wieder bei Kreisschreibers, da er mich neulich einlud; wie ich denn die Beziehungen nicht ganz abbrechen möchte; denn der Mann hat immerhin Spuren in meinem Dasein hinterlassen; habe auch manches Gute in der Familie genossen. Besah mir dabei die Dachwohnung, die ganz hübsch zu drei Zimmern ausgebaut ist; mein früheres Zimmerchen ist etwas geräumiger geworden (oder macht wenigstens den Eindruck); es soll dem künftigen Mieter gewissermaßen als gute Stube dienen, meint Doldinger, obwohl ein Herdofen darin ist und man den Raum eigentlich als Küche ansprechen müßte. Er scheint sich etwas schwer zu tun, da Leute hineinzukriegen; wer wird für ein paar Dachgelasse schnell vierunddreißig Mark Miete zahlen? Hätte mich gerne darin: Ich sei ihm jahrelang so ein ruhiger Mieter gewesen; machte mir auch Anspielungen aufs Heiraten, wie damals, als er die Geschichte ausbaute, und will mir bereits eine Braut wissen. Die Ehe sei doch das Beste für den Menschen, sagte er. Möglich; kann aber doch nicht heiraten, bloß damit Doldinger Mieter unter sein Dach hinaufbekommt. Auch ist das Heiraten immer so 'ne Sache und will entsprechend überlegt sein.

Ich nahm mir bei der Gelegenheit von seinen paar Büchern den »Trompeter von Säckingen« mit, den ich zwar, als ich noch dort wohnte, öfters las; Doldinger hat ja doch kein richtiges Verhältnis zur Poesie; ich aber muß welche im Haus haben, damit ich mich ein bißchen über den grauen Alltag erheben kann, wenn ich einige Minuten freie Zeit habe. Die Poesie ist immer ein erfrischendes Fußbad für den müden Erdenwanderer.

Nachmittags gingen wir einige Stunden auf sein Landhäuschen hinaus, wo die Frau Kreisschreiber bereits mit dem Essen sehnsüchtig auf uns wartete; es war nämlich halb zwei Uhr, als wir anlangten. Es gab natürlich nur Gemüse; immerhin reichlich und gut; auch aß ich hinreichend Grahambrot; das erleichtert mir immer den Darm und schafft Durchlüftung. Dann saß man bei einigen Tassen Malzkaffee zusammen und besprach dies und das, was einem eben am Herzen liegt; das Leben ist ja so ernst. Ich erzählte viel von Bonn und unsern Streichen dort, wozu der Kreisschreiber immer nur den Kopf schüttelte. Seine Frau scheint schon wieder ein Kind zu erwarten; das fünfte denke ich. Wo soll das noch hin?

Sonntag über vierzehn Tagen soll Turnfahrt sein nach Hinterskirchen, wohin ich neulich die eine Grabtafel geliefert habe, für ein siebzehnjähriges Mädchen! Betty hieß sie. Schade um so'n junges Geschöpf. Hätte ihr gerne einen schönen Lebenssommer gegönnt; denn das Dasein ist entzückend, wenn man fleißig ist und Arbeit hat; aber das Schicksal ist wirklich manchmal schrecklich tragisch, wie sich hier zeigt. Falls ich mitgehe, werde ich ihr Grab aufsuchen; ich mache mir um so'n frühes Geschick herum immer meinen poetischen Gedankenkranz, und es ist dann wie eine fromme Wallfahrt, wenn man so ein keusches Jugendgrab besucht.

Die Turnfahrt wird freilich alle möglichen Ausgaben verursachen; muß mir also die Geschichte noch überlegen.

Habe nun einen Rechtsanwalt befragt. Und den Notar; auf Kosten des Kreisschreibers natürlich! So mag er meinetwegen seine tausend Mark haben, denn die Sicherheit sei gut, hieß es. Und unanfechtbar. Freilich: Tausend Mark sind ein Wort. Und wollen erspart sein! Wenn ich zurückdenke – mein Gott! ich glaube, es hängt noch Schweiß von Berlin und Bonn daran! Den ersten Zins, sagt er – dürfe ich gleich abziehen. So was besticht die Vorsicht. Und ich denke: Ich sage zu…

Der Stammkrug ist für Michel Orion. Habe den Namen schon in der »Gartenlaube« gelesen, wo er manchmal Gedankensplitter veröffentlicht. Soll aber nur sein Dichtername sein; heißt eigentlich Wilhelm Zimmt, was auch ein gutes Sinnbild ist, wie Orion, der der schönste Stern am Himmel sein soll. Daher die Leier mit den Sternen, was Poesie bedeutet. Soll ein schönes Stück Geld machen, der Mann, mit seinen Gedankensplittern. Was am Ende der Zweck ist; hätte sonst ja keinen Sinn!

Ich wollte gerne für mich einen Turnerkrug haben; war mir aber ein bißchen zu kostspielig. Nun schlug Hakkel neulich vor, mir einen auf Kosten der Turnerkasse zu schenken, den natürlich ich zu machen hätte, da die übrigen so gut ausgefallen seien. Was einstimmig genehmigt wurde und ich mir freudig gefallen ließ.

Gestern hundert Mark zur Sparkasse gebracht, darunter die fünfundvierzig Mark Zins vom Kreisschreiber. Hätte gern das schöne Geld noch ein Weilchen behalten; es sieht sich zu entzückend an; aber sicher ist sicher, und es gibt Spitzbuben in der Welt. Er hat also sein Geld und mag zusehen, wie er damit wirtschaftet; (ich muß es auch!) War zwar noch einen Augenblick unentschlossen und schwankend, weil es doch ein saldo mortale für mich war; schließlich nahm ich aber den Mut zusammen, bedachte die Sicherheit, die ich hatte, und ließ das gute Herz siegen. Obwohl man auch darin vorsichtig sein muß; das Herz hat schon manchem einen Streich gespielt.

Orions Stammkrug konnte ich unbemerkt aus der Muffel schmuggeln, obschon Kallenberg scharf hinsah, der Knicker! Brennkosten also zu meinen Gunsten. Sollte zwar nicht sein; aber, mein Gott! das ist der Kampf ums Dasein, und dem reichen Kallenberg verschlägts ja nichts.

Ich war gespannt, Orion kennen zu lernen; brachte deshalb den Krug eigenhändig hin! Ist ein handfester, gemütlicher Mann, dem man aber den Dichter sogleich im Auge ansieht, durch die Brille hindurch. Kann bezaubernd gutmütig lächeln; stelle mir Goethe so vor. Er hatte einige Flaschen Bier vor sich und dichtete eben Gedankensplitter; ganze Bogen voll lagen vor ihm. »Nun wollen wir das schöne Gefäß doch gleich einweihen«, sagte er und schenkte auch mir ein Gläschen ein. Ich stieß mit ihm an, nippte aber kaum. Trinke nämlich vormittags grundsätzlich kein Bier.

Nein! So Tag für Tag geht das nicht! Ich muß an mich denken, wenn ich vorwärts kommen will; denn das soll der Mensch. Hackel war nämlich da, um mich ins Wörnbrunner Schlößchen abzuholen. Das hätte natürlich wieder eine Trinkerei abgesetzt und für morgen möglicherweise einen schweren Kopf. Ich hatte aber noch drei Tassen zu bemalen, und so konnte ich mit gutem Grund ablehnen. Ist ja ein seelenguter Mensch und meint es gewiß recht freundlich; aber jeder ist sich selbst der Nächste. »Ein andermal gern, wenn es Zeit und Umstände erlauben«, sagte ich. Entschuldigte mich auch sehr, während ich ihn hinausgeleitete; hoffentlich habe ich ihn nicht vor den Kopf gestoßen; denn ich möchte es nicht mit ihm verschütten.

Sonntag, abends. Blieb den ganzen Tag zu Haus, obwohl ich ursprünglich vorhatte, nachmittags zu Kreisschreibers zu gehen. Kann mich aber immer so schwer zum Ankleiden aufraffen, was ich noch lernen muß, ordnungshalber. Aber schließlich verdirbt man sich nur die Anzüge damit. Das Wetter war sehr schön; die Leute rannten wie närrisch nach den Zügen und Schiffen, besonders die Ladenschwengel und dergleichen junges Gemüse mit ihren Mädeln, die Sonntags nichts Besseres wissen, als ihr Geldchen hinauszuwerfen, das sie unter der Woche mühsam verdienen. Sah dem Treiben zu, bis die letzten Schiffe weg waren, zog dann einige Löcher in meinen Socken mit Garn zusammen, wusch mir die Füße und schnitt mal wieder an den Hühneraugen herum, die mir die letzten Wochen ordentlich zu schaffen machten. Auch mit meiner schlimmen Zehe ists eine böse Sache. Abends ging ich noch ein bißchen in der Stadt herum, nahm dann ein Glas Bier und legte mich zeitig zu Bett.

Es hat auch seinen Haken, so'n eignes Geschäft! Nein, lieber keins! Die liebe lange Woche hindurch jeden Abend wo anders seinen Kundenschoppen trinken zu müssen, bloß wegen der paar Groschen, die einem die Geschäfte zu verdienen geben. Und kranke Nieren kriegen. Das hat er nun davon, der arme Kallenberg! Kann einen wirklich dauern. Auch mit dem Jungen hat er seine arge Sorge. Hat aber ganz recht, wenn er ihn das Mädel nicht heiraten läßt; da könnte jede kommen. Der Bursche ist ja doch aus gutem Hause. Aber die Heirat will er durchsetzen. So'n Leichtsinn ist eine schreckliche Leidenschaft.

Ob es lohnt, ist die Frage. Ich müßte einen Brennapparat anschaffen, was eine kostspielige Sache sein dürfte. Sah neulich solche Dinger im Schaufenster bei Gebrüder Haller. Sagte zwar grundsätzlich zu, die Arbeiten zu liefern, fragte aber vorsorglicherweise an, ob die Aufträge dauernd wären. Antwort kam noch keine, und so schwebe ich zwischen Himmel und Hölle und wünschte, es würde dem verzweifelten Zustand ein glückliches Ende gemacht!
Wie ich heute die Muffel zumaure und eben das Feuer anzünden will, überkommt mich ein schrecklicher Zweifel. Glaubte nämlich, auf zwei Grabtafeln dieselbe In-

schrift zu haben. Was einem ja passieren kann, wenn man so in Gedanken das Zeug hinpinselt. Öffnete also die Muffel wieder und räumte sie bis auf das letzte Stück aus. War aber alles in Ordnung, was mich sehr freute, obschon ich darüber erst nach Mitternacht ins Bett kam.

Wo das nur noch hin will! Die Milch soll wieder teurer werden! Da bleibt einem ja nichts übrig, als weniger zu trinken; wie soll man sonst was zurücklegen können? Diese habgierige Gesellschaft! Und da redet man immer von den dummen Bauern!

Der Kunde von neulich hat nichts mehr von sich hören lassen. Und ich zählte schon darauf, die Brandmalereien machen zu müssen. Einige Groschen täglich hätte es immer getragen. Hackel hat recht: Es ist ein unzuverlässiges Volk hier; führen nur große Reden und Pläne; will man aber was von ihnen, gleich drücken sie sich um die Ecke.

Bin gleichwohl besser zufrieden als vergangenen Monat. Verdiente nämlich immerhin bei zwei Mark vierzig täglich. Und zwei Mark achtzig, wie gesagt, war einst mein Taglohn. Wenn ich mir am Essen noch etwas abbrechen könnte...

Die Katze war mir wieder im Zimmer. Meine Wirtin glaubt wohl, ich füttre ihr das Tier? Ist ja nicht stubenrein und hat mir obendrein neulich für fünf Pfennig Butter weggemaust, die ich mir für Sonntag hatte aufheben wollen. (Obwohl sie schon etwas ranzig roch.) Werde nächstens ein ernstes Wort mit der Frau reden.

Hackel hat wohl recht. (Lud mich nämlich gestern zu einem Glas Wein in den »Goldenen Engel« ein; da sagte er mirs; spendierte auch einen Emmentalerkäse dazu; habe selten so guten gegessen!) Er meinte also, ich hätte zu niedere Preise und sei viel zu bescheiden; so könne ich nie zu was Rechtem kommen. Mehr fordern? schön? Und darüber den Auftrag wegschwimmen sehen? Weiß ich denn, was die Leute auslegen wollen? Zwei Pfennige mehr, und sie laufen zum Nachbarn, und die Kundschaft ist weg: Außer: ich hätte es von Anfang an getan. Aber das ist ja mein tragisches Geschick, daß ich so bescheiden bin. Das schlesische Weberblut hängt mir überall an. Ja, man ermutigt sich so für den Augenblick, und so'n Schlückchen Wein tut noch ein übriges; aber hernach –! Lieber ein bißchen weniger nehmen und des Auftrages sicher sein!

Wenn die verfl... Katze noch einmal kommt – ich bin imstande, ihr Gift zu geben...

So laß ich mirs gefallen und will mit mir reden lassen; anders hätte ich nicht mitgetan! Wäre mir zu kostspielig geworden. Diese Brüder sparen nämlich nicht, und man müßte doch mit den Wölfen heulen, anstandshalber...

Nun hat es Hackel durchgesetzt, daß die Turnfahrten künftig aus der Vereinskasse bestritten werden. (Weil ich nicht mittun wollte, eben der Kosten wegen!) Die Kasse füllt sich aus Strafen für versäumte Übungen und aus den Überschüssen der Kegelbahn. Da trifft es dann immer die andern; denn es ist ihrer eine ganze Anzahl solch fauler Käuze, die sich um die Übungen drücken. Was es bei mir nicht gibt! Auch Hackel ist fast immer da, weil es gewöhnlich noch einen langen Nachtschoppen setzt. Ich trinke dagegen höchstens ein Glas, wenn mirs nicht etwa ein andrer bezahlt und ich überhaupt mitgehe. Ziehe nämlich vor, zeitig schlafen zu gehen; alles andere hat keinen Sinn.

Orion hat wieder Aufträge geschickt; zwei Zierteller, mit Gedankensplittern von ihm zu bemalen. Und mit seinem Namenszug. (Werde ihn sorgfältig pausen.) Sie sind für den jungen Baron Ebental in Hildesweilen und einen Herrn Mödlinger, einen Kunstmaler. Die Anfangsbuchstaben sollen in Gold sein (macht je einen Groschen mehr), die übrigen in hellblau, was sich sehr geschmackvoll ausnimmt; Orions Namenszug auch in Gold. Der Mann schreibt eine schöne Hand. Wie ein Schulmeister!

Das fehlte noch, daß ich deshalb andere Schuhe brauchte! Meine Zehe macht mir nämlich wieder zu schaffen. Sie liegt nun völlig zwischen der großen und der dritten emporgeschoben und taugt weiter nichts, als daß sie entsetzlich schmerzt. Sie müsse weg, hat mir seinerzeit schon Schwager Degen gesagt, der früher Lazarettgehilfe war und es wissen müßte. Hinke nun auf diesem Fuß ein wenig; aber man hält doch was auf sich und mag sich auch nicht verstümmeln lassen.

Glaubte, die Wandteller Orions noch in den Montagsbrand zu kriegen; da müßte ich aber auf die Turnfahrt verzichten, und man will doch auch mal sein Vergnügen haben (denn die Gelegenheit ist gut und billig). Und Kallenbergs Ware kann ich alle noch Sonnabend Nacht aufarbeiten. Denn ich möchte mein Vergnügen mit gutem Gewissen feiern.

Sah heute von weitem Luise. Wollte ein paar Worte mit ihr reden und rief ihr; aber sie hört ja so schrecklich schlecht. Nun soll sie mir aber nimmer sagen, ich schneide sie auf der Straße und drücke mich vor ihr. Sie tut mir unrecht, wenn sie meint, ich sei stolz.

Meine Wirtin hat schon wieder Strafporto für mich ausgelegt. Geht mich nichts an; ich habe ihr verboten, solche Briefe anzunehmen. Als ob man nicht schon Auslagen genug hätte!...

Glock zehn ziehen wir los. Bis dahin kann ich für Kallenberg noch die paar Tassen und Teller aufarbeiten; es ging gestern nacht nimmer; die Augen fielen mir zu, und das Öl in der Lampe war alle.

Ein Tag, wie vom Herrgott bestellt! War vor fünf Uhr schon auf und sah, wie der See sich allmählich aufhellte und die Sonne rot wie ein Edamerkäse heraufkam. Dergleichen erhebt das Gemüt; es zeigt nämlich, daß es die Natur doch gut mit uns meint; denn ich habe riesige Schaffenslust und arbeite doppelt soviel weg als gestern nacht, wo ich obendrein noch Öl verbrauchte. Und kann nebenbei noch Tagebuch führen.

Mein Sonntagsrock war an den Ärmelstößen etwas fadenscheinig; half nun mit Kaisertinte nach, so daß man jetzt kaum was sieht. Die Absätze habe ich ordentlich schief getreten, besonders am rechten Stiefel, weil meine schlimme Zehe einen besonderen Gang verlangt. Ich schlug einige dickköpfige Nägel ein; nun klappt es wieder. Werde vorsorglich etwas Hirschtalg mitnehmen, da ich mich leicht wundlaufe, und einen tüchtigen Happen Schwarzbrot, das ich von gestern noch übrig habe. Auch die Badehose für alle Fälle; eine Strecke weit gehen wir nämlich dem See entlang; Hackel badet zwar immer ohne Hose, was aber strafbar ist, denn es kommen dort öfters Damen vorbei.

(Abends 8 Uhr.) Wir gingen pünktlich weg und nahmen den Weg über die Höhen hin, meist durch kleine Buchenwäldchen, wozwischen immer wieder der Ausblick auf den See sich bot, der wie eine Schüssel voll Taler in der Tiefe glitzerte. In den Dörfern, wo wir durchkamen, wurde nichts genommen, obwohl einige immer Durst verspürten. Ich riet nämlich fortwährend: »Ausharren, was ein Mann ist, bis nach Hinterskirchen!« Hackel schien am meisten darunter zu leiden; sah ihn immer sehnsüchtig nach den Wirtsschildern schielen und glaubte auch schon, er werde unterliegen, da bogen wir nach dem See hinab, und ich schlug vor, zu baden,

71

was uns schön abkühlte und den Durst gleichsam von au-
ßenher löschte. Weiter am See hin kam dann keine
Schenke mehr. Wir sangen bis nach Hinterskirchen eine
Menge Turnlieder, auch mein Leiblied:

> O, Mädchen, bleibe mein,
> Dies Herz, es ist ja dein.
> Ist der Friede da,
> So bleib ich ja
> Zu Stolzenfels am Rhein! usw.

was sich sehr schön macht, man muß es nur mit Gefühl
singen, wie ichs immer in Bonn tat. So kamen wir
schließlich mit einem hübschen Hunger nach Hinterskirchen. Das Essen war gut und reichlich. Vom Kalbsbraten
meines Nachbars, der sich mehr ans Trinken hielt, ließ
ich mir die Hälfte einpacken (für morgen neben der Arbeit her), nahm dann zum Schluß einen Schweizerkäse
und später noch Kaffee, während die anderen auf die ge-
meinsame Kasse rauchten. Steckte mir aber auch einige
Zigarren an. So sollt ihr leben!

Nach dem Essen legten wir uns im Obstgarten schlafen; denn einige hatten zuviel Wein getrunken, und der
Weg hatte uns müde gemacht. Schöne Sache, so'n Mit-
tagsschläfchen. Hackel nahm zwei Flaschen Wein mit
hinaus und soff einsam abseits, bis er wie ein betrunkener Polyphem schnarchend im Gras lag.

Man müßte nüchtern sein auf solchen Fahrten, das
viele Trinken hat keinen Sinn. Ist immer schade um das
schöne Geld.

Hernach Turnspiele. Und dann auf den Heimweg,
immer dem See entlang, um wieder baden zu können.
Denn die Sonne brannte am Himmel wie ein glühendes
Goldstück, und Hackel meinte, es könne unterwegs an
Durst nicht fehlen. Womit er recht behielt. Es wurde nur
zu oft eingekehrt, was gewöhnlich vom Übel ist. Meine

Zehe machte sich auch bemerklich, worauf Dr. Hahn sie untersuchte und meinte, sie müsse weg, je bälder, je besser. Hat gut reden, der Mann. Auf drei Wochen ins Krankenhaus, bis die Geschichte wieder im Blei wäre! Und die Kosten! Und meine Arbeit? Nein, eher kauf ich mir weiteres Schuhwerk!

Wie gesagt: Es wurde zuviel getrunken. Ich hielt mich zwar forscher ans Essen und nahm nur einige Gläschen Bier; denn ich wollte für morgen einen klaren Kopf haben, da ich mir Orions Zierteller vornehmen möchte. (Und sie sollen gut werden!) Aber die andern – nein, solche Geschichten! Beinahe hätte es Händel gesetzt mit Gästen, die in Ruhe ihren Sonntag genießen wollten; die Unsern aber tranken, sangen und lärmten, und schließlich war die ganze Gesellschaft voll. Und als es ans Zahlen ging, reichte richtig die Kasse nimmer. Das schöne Geld! (Ich zahlte aber nichts; denn ich hatte weit weniger gehabt als die andern; kam also ungerupft davon.) Im Wörnbrunner Schlößchen wollten sie alle noch einkehren, obschon sie übervoll waren. Ich tat aber nicht mit. Dachte nämlich an meine morgige Arbeit; hatte auch noch einige Beeren von vorgestern zu Hause, die ich nicht wollte verderben lassen. So habe ich denn keinen Groschen gebraucht und doch einen herrlichen Tag gehabt. Und der kalte Braten reicht noch für morgen aus. Zeichnete noch die Schrift für einen der Wandteller und lege mich nun selig schlafen, froh, daheim zu sein. Weiß der Himmel, wo die andern in ihren Räuschen noch hinkommen mögen! Es empfiehlt sich immer, zeitig heimzugehen, und ich bin nur froh, daß ich nicht dabei war. Kriegen nun noch Polizeistrafen, wie mir Hackel erzählte. Sie johlten und lärmten bis in die späte Nacht hinein und verulkten die Schutzleute! Das geht natürlich nicht.

Fühle mich riesig wohl heute; munter wie ein Füllen. So'ne gründliche Bewegung tut einem immer gut, wenn ein ordentliches Essen dabei ist. Arbeitete wie ein Drescher und ging auch über Mittag nicht weg, da ich ja meinen kalten Braten hatte und die Zierteller um jeden Preis in den Ofen bringen wollte; der Mann muß mit mir zufrieden sein. Ein Stück des Bratens nahm ich abends mit an die Muffel, wo mirs zu einem Glas Bier gottvoll schmeckte. Der junge Kallenberg kam sehr spät noch vorbei und wollte mir durchaus eine Flasche Wein bringen lassen. Er war ziemlich angetrunken und redete allerlei unverantwortliches Zeug; auch gegen seinen Alten. Ich will aber nichts gehört haben.

Was berechne ich für die Teller? Anderthalb Mark das Stück? Mußte auf dem einen noch eine Palette in Gold anbringen; auf dem andern noch eine Krone. Merkte dabei auch, daß ich wieder ein neues Fläschchen Gold brauche. Man hat schreckliche Auslagen!

Diese Übungen bei der Löschmannschaft – zwei Mark, und man wäre frei davon. Ist freilich eine Blutsteuer. Aber die verlorene Zeit wieder! Das wird einem zugemutet fürs Gemeinwohl, wo man nie was spürt von! Bei vierzig Jahren hört die Geschichte auf; wollte, ich wäre zehn Jahre älter!

Drei Mark hat jeder von den Radaubrüdern zu zahlen. Wenn man das auf die Kasse tragen könnte! Hackel soll es vor Gericht ausfechten wollen; denn er habe nicht mitgejohlt. Gerichte sind so Sachen. Das soll er nur lieber bleiben lassen!

Orion ist hochherzig. Ich verlangte drei Mark zehn (den Zehner fürs Überbringen); er gab mir vier Mark, da er kein Kleingeld hatte und ich wieder nicht wechseln konnte. Ein Schock solcher Kunden! aber wo fände man sie?

Der Katze warf ich heute einen Stiefel nach, daß er an die Dachbodentür polterte. Da kam die Wirtin herauf und wollte aufmucksen; ich setzte ihr aber die Pistole auf die Brust: »Sorgen Sie freundlichst, daß das Tier nicht immer hier heraufkommt; ich müßte mich sonst entschließen zu kündigen.« Da nahm sie das Tier, das gegen mich fauchte, in die Schürze und ging. Ich trete ungern jemand zu nahe, da ich es lieber mit dem Frieden halte; man fährt am besten dabei; aber zuviel ist zuviel, und man hat auch seine Nerven.

Heute gebadet. In der städtischen Anstalt, wo es einen Nickel kostet. Bade sonst immer im Freien. War auf dem Sprung, mir eine Badekarte zuzulegen, als ich mich noch rechtzeitig besann. Denn wer weiß, wie das Wetter sommerüber wird? Von Fall zu Fall baden ist doch besser.

Nicht vergessen: Übermorgen, abends sechs Uhr: Löschübung!

Aß gestern beim Kreisschreiber zu Nacht. Taugt aber nichts, die ewige Pflanzenkost; war hungrig und schwach, als ich wegging, trotzdem ich ordentlich eingehauen hatte. Mußte hernach noch ein Glas Bier und eine Knackwurst nehmen; war also nichts gespart mit der Einladung. Auch jammerte er den ganzen Abend. Begreiflich: sein Haus! So was macht Sorgen und Lasten. Aber warum wird er Hausbesitzer? Kann er nicht zur Miete wohnen wie unsereins? So'n Haus schluckt Geld. Und läßt sich nicht zur Kasse tragen, wo es Zins brächte! Und dann: Fünf Kinder – die kurze Storze! Oder gar sechs! Der wahre Kaninchenstall. Heiraten ist schon recht, und ein Weib haben, die einem abends die warmen Pantoffeln bringt und ein tüchtiges Essen auf den Tisch stellt. Habe manchmal auch Sehnsucht danach. Aber da gehört Geld zu; und noch einmal Geld! Und dann sollte man sichs erst recht überlegen; denn es ist ein gewagtes Spiel.

Poesie ist wirklich nötig im Leben. Las drum heute einige Kapitel im »Trompeter von Säckingen« und freute mich königlich damit. Ist auch wirklich köstlich geschildert, wie die Baronsmaid schließlich ihren Pistonbläser doch noch kriegt und das Verdienst belohnt wird, wie sichs gehört und mans ja auch nicht anders erwartet. Auch die Weisheit des Katers Hiddigeigei ist unübertrefflich; wundert mich bloß, wie ein Dichter sich solche Freiheiten herausnehmen kann? Aber das ist eben die Poesie.

Überhaupt ist dieser Scheffel einfach gottvoll, obwohl ich von ihm nur den »Trompeter« kenne.

Es geht mir mit ihm wie meinem Kameraden Borsig in Bonn mit seinem Schägsbier. Er hat mir oft von dem Mann gesprochen; der soll auch so großartig geschrieben haben.

Mein Gold ist zu Ende. Suchte heute mit dem Pinsel die letzten Restchen im Fläschchen zusammen, goß auch noch einige Tropfen Lavendelöl nach, nur um etwas in den Pinsel zu kriegen. Muß nun doch dran glauben. Wieder siebenundzwanzig Mark fünfzig (für die paar Fingerhüte voll!). Werde es einmal mit Müller und Henning in Dresden versuchen, statt in Frankfurt. Die sollen billiger sein. Wenn ich fürs Dutzend Goldstreifchen fünf Pfennig mehr forderte? Werde mal mit dem jungen Kallenberg reden; beim Alten ist wohl kaum was zu wollen.

Ich hätte es nicht tun sollen; ich sehe, es schadet mir. Das Darlehen an den Kreisschreiber nämlich. Als ich heute den jungen Kallenberg um bessere Auslöhnung meiner Arbeit bat (einen Viertelpfennig die Tasse; einen halben die mit Goldstreifchen, was doch nur recht und billig wäre!) – was sagte er mir? »Aufbesserung?« fragte er. »Sie sind ein reicher Mann, Herr Hänfling! Sie können Geld ausleihen; das kann ich nicht, Herr Hänfling!« Doch ich ließ nicht locker und bat und bohrte, da sagte er: »Reden Sie mit meinem Vater; mich geht die Sache nichts an!« Das hat man nun von seinem Wohltun! ...

Als ich heute früh die Nachnahme für das Fläschchen Gold zahlte (das schöne Geld!), fiel mir unter der Tür ein Nickel zu Boden. Konnte ihn nicht finden, obschon ich eine halbe Stunde lang den ganzen Boden absuchte. Muß wohl in eine Bretterritze verschwunden sein. Wenn ich bloß wüßte, ob es ein Fünfer oder ein Groschen war! Werde mal Sonntags einige Bodenbretter zu heben versuchen ...

Traf, als ich etwas Wurst zum Abendbrot holen wollte, mit Luise zusammen. Sie war sehr freundlich; schade nur, daß sie so übelhörig ist; man muß so laut mit ihr reden, daß die Leute immer glauben, man zanke sich. Ich begleitete sie eine Strecke Wegs und kam unversehens an ihr Haus, worauf sie mich hineinbat. Ist ein kleines Häuschen mit freundlichem Gärtchen davor. Und Blumen an den Fenstern. Die Eltern sind gutmütige alte Leutchen, die mich Platz nehmen ließen und mir ein Glas Apfelwein vorsetzten; und köstliches Weißbrot (selbstgebackenes). Mundete mir ordentlich; denn ich war rechtschaffen hungrig. Der Alte ist ein ehemaliger Achtundvierziger, der jahrelang in der Schweiz leben mußte, aber noch immer ein warmes Herz für die Freiheit hat, die ich auch verfechte! (Mit Maß und Ziel.) So waren wir bald im schönsten Gespräch, und er wußte viel Neues aus seinem langen Leben zu berichten. Als ich dann von Bonn erzählte, wo er in jüngeren Jahren auch gewesen war, Gott! wie wurde der Alte warm! Nahm auch großen Anteil an den schlesischen Zuständen, die ich ihm als armer Weberssohn schilderte, und freute sich, daß ich mich so herausarbeite und allmählich emporkomme. Überhaupt seien die Preußen tüchtig, sagte er; es sollte dort nur etwas mehr Freiheit sein. Darüber kam das Abendbrot, wozu ich mich nach einigem Widerstreben gerne halten ließ. Was das Mädchen Pfannkuchen kocht! Es gab Holundermarmelade dazu, die sie hier kurzweg Holundermus nennen. Schmeckte köstlich, und ich lobte das Zeug gebührend; darauf gab sie mir ein Töpfchen davon mit, und man bat mich, bald wiederzukommen, was ich gerne in Aussicht stellte; denn ich ehre die Gastfreundschaft. Hübsch satt, wandelte ich im Mondschein zum Städtchen hinab; der See glitzerte wie hüpfende Talerstücke, und die Welt lag friedlich und zufrieden. Und ich hatte einige Nickel erspart. So sang ich denn ein Liedchen vor mich hin und freute mich, zeitig zu Bett zu kommen; denn ich hatte einen arbeitsreichen Tag hinter mir.

Nun habe ich doch die Löschübung versäumt! (wegen Luisens). Und der Strafzettel ist pünktlich. Wie ich das nur vergessen konnte! Wieder eine halbe Mark zum Fenster hinausgeworfen!
Wie hübsch, so was aufzuzählen:
ein Stück geräuchten Specks (reicht für acht Tage),
Frühobst (Äpfel und Birnen),
ein Laib Weißbrot (gibts bei uns in Schlesien nicht),
drei Flaschen süßen Birnenmosts (rasch wegzutrinken),
ein Kärtchen (von Luise: Ich möge mirs munden lassen und mich nicht allzu rar machen!). Will es mir merken.
   Ein dankbares Ding, so'n Mädchen!

Morgenstunde hat wirklich Gold im Munde. Als ich heute früh einen Rundgang ums Städtchen machte, fand ich ein Fünfzigpfennigstück (am Wirtshaus vor dem Tor;

hat wohl vergangene Nacht ein Betrunkener verloren). Das deckt gerade meine Feuerwehrstrafe, die mir sonst etwas herb abgegangen wäre. Der verlorene Nickel hat sich dagegen nicht wieder gezeigt.

Mein Verdienst hält sich ziemlich stetig (unberufen!). Kann jetzt von zwei Mark siebzig täglich reden; und es läßt sich davon etwas zurücklegen. Wenn allemal nur die Miete nicht wäre. Frühstücke deshalb spärlich; täglich ein Viertel Milch, so daß ich mit dem Liter vier Tage vorhalte. Stelle sie tagüber in einem Becken unter die Dachsparren, damit sie mir bei dieser Hitze nicht sauer wird, wovon ich Durchfall kriegte. Eine heikle Sache, mein Magen; und den Arzt im Hause – das fehlte gerade noch!

Nie hätte ich mir das träumen lassen! So was heiß ich denkwürdig! Nun muß ich aber das Glück bei den Flossen fassen, damit mirs nicht wieder davonschnalzt!

Sitze da ahnungslos vor meinem Drehscheibchen und pinsle Goldstreifchen auf die Tassen (noch zum früheren Preis; denn der alte Kallenberg ging nicht bei!) – da klopft es, und ehe ich »Herein« rufen kann, rauscht Glück und Schönheit durch die Tür. Die Mutter eine Göttin, die Tochter ein entzückendes Gretchen, Kiesel malts nicht schöner. Hatte die Damen schon öfters gesehen, getraute mir aber kaum, sie anzuschauen. Ich schlage die Hacken zusammen und mache meine Verbeugung, da breiten die holden Frauengeschöpfe auch schon Tisch- und Büfettläufer vor mir aus, Zierat und Schrift drauf zu zeichnen. Nach Vorlage; brauche sie nur zu vergrößern. Und gute Sprüche und Grundsätze; z. B.: Iß, was gar ist; trink, was klar ist; oder: Saure Wochen, frohe Feste. Schnellstens zu fertigen, und die quittierte Rechnung mitzubringen. Machen wir! Da rauschen die Engel auch schon hinaus, und ich begleite sie mit freund-

lichen Knicksen bis zur Bodentreppe; in meiner Giebelkammer liegts wie Sonnenschein, und ein Wölkchen
Glück und Veilchenduft schwebt poetisch durch den
Raum. Ich tanze herum und klatsche in die Hände (denn
es waren Bürgermeisters, die mich sehr empfehlen können!), setze mich wieder an mein Drehscheibchen, ziehe
glückselig meine Goldstreifchen und singe dazu:

> Es war ein Sonntag hell und klar,
> Ein selten schöner Tag im Jahr –,

immer diese zwei Verse (kenne nämlich nur die!) und
lasse den Herrgott einen guten Mann sein. Wenn ich
jetzt nur den verlorenen Nickel noch fände! Sobald die
Tassen fertig sind, nehme ich den Auftrag vor. Will das
Eisen schmieden, weil es heiß ist, und sollte es darüber
ein Uhr, zwei Uhr nachts werden!

Kallenbergs Rechnung macht heute vier Mark siebenundfünfzig. Hübsche Pöstchen; fülle dich, Büchlein!

Es ist ein Unglück mit den Verwandten! Schwager Degen
schreibt schon wieder um Geld. Überlege mirs aber.
Habe ihm erst vor zwei Monaten einen Taler für meinen
Neffen geschickt; weiß der Himmel, was daraus geworden ist. (Schnaps vermutlich! Denn Degen süffelt.) Will
ihn mal gründlich zappeln lassen, damit er merkt, woher
der Wind weht. Vergißts vielleicht darob!

Wagte nun doch nicht, für Frau Oberbürgermeister
die Rechnung mitzunehmen. Sie fragte aber danach und
zahlte sofort. Das nenn ich mir Kundschaft! Das Töchterchen sah ich leider nicht; hatte allerdings meine Brille
nicht mit.

Es müßte rascher vorwärtsgehen. Zerbreche mir den
Kopf um einen einträglichen Nebenverdienst. (Die Steuerbrüder dürfens freilich nicht wittern!) Möglichst geringe Auslagen und ordentlichen Gewinn. Wer da ein
Genie wäre!

Ein kleiner Herr sei zweimal dagewesen, mich zu sprechen. Kann bloß der Kreisschreiber sein, der wohl wieder Geld will. Es ist mir peinlich, ihn abzuweisen; noch peinlicher, ihm auszuhelfen. Das Wohltun hat seine Grenzen; ich muß an mich selber denken...

Kriege immer wieder Lotterieangebote. Die Sinne wirbeln einem bei diesen Zahlen. Aber die Geschichte ist zu unsicher. Und zu kostspielig.

Luisens Speck ist unbezahlbar. Macht nur so schrecklichen Durst; man müßte da immer ein Glas Bier bei haben. Obst, Most und Weißbrot sind schon alle.

Sonnenbruder gespielt. Hatte nicht ein Stückchen Arbeit. Fragte darum mittags bei Kallenberg nach; war aber nichts zu wollen. So schob ich los und trieb mich den ganzen Nachmittag herum. Schrecklich, so müßig gehen zu müssen. Und Sünd und Schade um die schöne Zeit!

Nein! noch glaub ichs nicht. Mein Glück ist spröde. Und mein Leben kennt keine Wunder!

Luise war gestern zweimal da (während ich herumstreunte!). Und das sagt mir die Wirtin erst heute! Hätte sonst ihren Besuch noch abends erwidern und mich ein bißchen unterhalten können.

Traf zufällig Wurmsam, den Hexensaalwärter. Er verkauft den Fremden allerlei Andenkenzeug und fragte mich, ob man da nicht einen besonderen Fremdenartikel machen könnte? Wäre ein Gedanke. Und zu überlegen. Wir sannen auf alles Erdenkliche; taugte aber alles nichts. Das Glück muß es einem im Traum eingeben.

Wärs dies vielleicht? Leuchtet mir mindestens ein:

Sie haben vor einigen hundert Jahren hier eine Hexe verbrannt – (wäre heute auch nimmer möglich!). Da stellte sich heraus, daß das arme Ding unschuldig war und die Schuldige sich unbehelligt in der Nachbarschaft herumtrieb. Nun hat man ihr draußen vor der Stadt einen Denkstein gesetzt; und den besuchen die Fremden zu Tausenden. Wenn man den auf Kiesel malte, wie sie der See so schön eirund schleift? Und die als Briefbeschwerer verkaufte? Wurmsam ist ganz närrisch ob dem Einfall; er will aber ein Drittel vom Verkaufspreis. Ein Drittel? Das beschlafen wir nochmal, Herr Wurmsam.

Da haben wirs schon! Dreizehn Pfennig für die Katze hinausgeworfen! Das Luder ging mir über die Milch, die ich unter die Dachsparren gestellt hatte, um sie kühl zu halten. Den ganzen Liter rattenkahl ausgeleckt!

Ein Viertel! Mehr nicht! Er ist ein Racker, dieser Wurmsam. Aber ich machte mich steil und setzte ihm die Pistole auf die Brust; ganz höflich, natürlich. »Seien Sie vernünftig, Herr Wurmsam«, sagte ich. »Mir muß doch auch noch was bleiben! Denn ich habe die Mühe. Fünfundzwanzig Pfennig von der Mark: Schlagen Sie ein! Ich müßte die Ware sonst, so leid mirs täte, an jemand andern geben.« – Nun will auch ers noch mal beschlafen.

Habe unterdessen ein Säckchen solcher Kiesel am Seestrand gesucht und heimgeschleppt. Und das Hexenbild gezeichnet und in Schablone geschnitten. Geht rascher so. Und man verdient eher was bei der Geschichte.

Das Maß ist voll! Sie hat mir wieder das Zimmer verunreinigt. Habe ihr jetzt Phosphor von Streichhölzern in Milch gemengt und unter die Dachsparre gestellt. Sie dauert mich zwar, denn sie ist ein schönes Tier; führt sich aber nicht ordentlich auf.

Wenn das so weiterginge! Fertigte heute ein Dutzend Hexensteine, da sonst keine Arbeit da war. Wurmsam war entzückt davon und kaufte mir gleich fünf ab, gegen bar, mit ein Viertel Nachlaß. Macht fünfmal fünfundsiebzig gleich drei Mark fünfundsiebzig. Die übrigen will er auf Lager halten und verspricht sich was davon. Wie gesagt: Wenn das so weiterginge!…

Möglich wärs ja schließlich! Oder doch nicht unmöglich. Denn manchmal – mit Verlaub – findet auch eine blinde Sau eine Eichel. Aber ich will das Glück nicht beschreien!

Sprach beim Turnen heute mit Dr. Hahn wegen meiner schlimmen Zehe. Sie müßte eigentlich heraus, sagte er; verordnete mir aber bloß anderes Schuhwerk; Otto Petrisches oder wie ers nannte. Werde mich also mal darnach umsehen, wenns nicht zu teuer ist.

Nein, so was von einem Katzenleben! Nun hat sie sich bloß erbrochen, und ich habe die ganze Bescherung im Zimmer. Sitze da ganz ahnungslos am Drehscheibchen und pinsle drauflos, da höre ich plötzlich ihr Gerülpse und Gekorkse unter meinem Bett – erschrecke noch ordentlich darob! – fahre auf, kriege den Besen zur Hand und stochere sie unter der Bettstelle vor, worauf sie sich fauchend an die Tür stellt und mich anfunkelt, daß mirs heiß und kalt übern Rücken läuft. Denn wer kennt denn so'n Vieh! Ich erwische eine zerbrochene Tasse und feure drauflos. Aber da ist sie auch schon auf dem Tisch, wo noch alles glücklich abläuft, und dann wie der Blitz durch die Scheibe, daß die Scherben in den Garten hinabklirren! Und weg! und davon! und in gestreckten Sätzen übern Fischerplatz weg, während ich glaube, sie müsse mit gebrochenem Kreuz unten liegen. Was so'n Vieh ein Leben hat!

Die ganze Schmiererei habe ich sogleich hinausgeräumt. Die Scheibe aber mag die Wirtin zahlen. Sie haftet für das Tier.

Lebenswende? (Wenns nicht wieder zu Wasser wird!) Ich war noch einmal drüben im Laden; holte zum

Vorwand einen Bleistift, wollte aber nur was Genaueres erfahren. (Aber schreckliche Preise hat dieser Sanfthobel: Fünfzehn Pfennig für einen Faberstift!) Ich müßte also vorerst eine Anzahl Muster fertigen, Brandmalereien auf kleine Truhen, dazu ein paar sinnlose Farbentupfen da und dort, und das Ganze mit Kupfer- oder Messingnägeln beschlagen. Die Truhen stellt das Geschäft, ebenso den Brennapparat. Nur heran mit den Aufträgen! Ich werde Muster liefern, wagenweise. Sanfthobel will die Welt überschwemmen mit den Truhen: England, die Schweiz, Sachsen!

Er hat Unternehmungsgeist, der Mann! Und Geschmack. (War, wie ich höre, früher Kunstmaler.) Mehr noch seine Frau, die eine ausgemachte Künstlerin sein soll. Sie will alte Bauerntöpfe nachmachen lassen, was gegenwärtig ein Bombengeschäft bedeute. An mir solls nicht fehlen! Sie ließ mich fragen, ob ich in Majolika bewandert sei: Begießen, Bemalen und Glasieren müsse ich übernehmen; das übrige der Töpfer Wey in Hildesweilen. Sagte natürlich zu und werde mich tapfer auf die Hinterbeine stellen. Denn es kann mein Vorteil sein, wenn ich mich tauglich zeige. Ist mir freilich noch immer wie ein schöner Traum: Man sieht einen Haufen Goldstücke, und beim Erwachen findet man bestenfalls Sonnenkringel auf der Bettdecke.

Die Wirtin weigert sich, die Scheibe einsetzen zu lassen. Ich hätte die Katze nicht zu scheuchen brauchen; es sei ein harmloses Tier, sagt sie. Na, vorerst mags so bleiben; wenns erst kälter wird, soll sie was erleben. Ich drohe mit Umzug. Sie mag dann zusehen, wen sie in die unwirtliche Giebelkammer kriegt!

»Wer lehrt Porzellanmalen gegen gute Entlohnung?« fragt jemand im »Tageblatt«. Ob ich mich melde? Wäre vielleicht eine ganz einträgliche Sache. Aber ob ich mir nicht einen Kuckuck ins Nest setze? Schrecklich, so'n Zwiespalt! Es könnte eben mein Untergang werden, da ich hier allein kaum mein Leben friste. Werde der Sache mal ganz vorsichtig auf den Zahn fühlen; kann ja immer noch absagen, wenn Gefahr droht.

Ich habs gewagt! Warf gestern abend spät noch mein Schreiben in den Briefkasten des Tageblatts. Schwankte lang, faßte dann Mut, verzweifelte wieder. So'n Entschluß ist mir wie ein Verbrechen, wie ein Wahnsinnsausbruch. Mit zusammengebissenen Zähnen forderte ich das Schicksal in die Schranken, und der Brief lag drinnen.

Kallenberg sandte eine Menge Arbeit; Tassen kistenweise. Und aus Tellern und Aschenschalen habe ich ganze Türme und Säulen aufgebaut. Arbeit für vier oder fünf Tage; 25 bis 28 Mark Verdienst! Es ist eine Lust zu leben!

Gestern und heute gewaltig geschuftet; acht Mark zwanzig und sieben Mark fünfundsechzig verdient; wohl die Hälfte des Vorrats aufgearbeitet. Von Sanfthobel kam noch nichts; sollte das wieder zweifelhaft werden? Auch vom Tageblatt keine Zeile; die Geschichte wird brenzlig.

Ging gegen Abend noch spazieren und kam auf Umwegen unwillkürlich zu Luise. Wollte mich nämlich für den geräucherten Speck bedanken. (Der nun auch alle ist!) War wieder sehr unterhaltend. Es gab Eierschmarren mit Heidelbeermus und Apfelwein; hernach noch selbstgemachten Nußschnaps. Werde mich nächstens irgendwie erkenntlich zeigen, sobald sich eine günstige Gelegenheit zeigt.

Es ist vollbracht: Ich gebe Malstunden! Zu sechzig Pfennig. Er heißt Lau und ist Aktuar; somit keine Gefahr. Und ist ein feiner, ordentlicher Mensch; denn er zahlt bar (wie sichs gehört!). Ein blasser junger Herr mit einem sanften Schnurrbärtchen und schwermütigem Lächeln. (Kleidet ihn aber gut!) Er will Sonntag zum erstenmal kommen.

Kallenbergs Arbeit ist fertig. Macht neunundzwanzig Mark fünfundvierzig. Eine Tasse war zersprungen; gab sie zurück, vorsichtshalber…

Sanfthobel schweigt. Wie rücksichtslos doch die Menschen sind!
Hatte Degen ganz vergessen. Jetzt rührt er sich wieder, und ich werde nun doch einen Fünfer bluten müssen. In gewöhnlichem Brief, sonst kommt mir die Geschichte zu teuer; möchte ihm auch gleich den Kopf ordentlich waschen; denn das Pumpen hasse ich.

Das Otto Petrische Schuhwerk für meine Zehe ist zu kostspielig. Einfach unerschwinglich! Der Fuß müßte in Gips abgegossen werden, was allein gegen fünfzehn Mark kosten würde – die paar Pfund Gips! – die Schuhe selber wohl noch mehr. Da will ich lieber die Schmerzen haben; das Leben ist nun mal so, und der Mensch muß was ertragen können.

Was ich wohl von Sanfthobel fürs Stück fordern soll? (Wenn die Sache überhaupt zum Klappen kommt!) Man ist eben immer zu bescheiden. (Wie gesagt: Weberblut!) Gott! was hätten meine Eltern verdienen können! Aber sie waren zeitlebens zu ängstlich und nahmen, was ihnen willig oder widerwillig geboten wurde. Da aßen sie dann Kartoffeln von, und Kartoffeln machen keine Helden. Erst als sie nach Schwiebus zogen, konnten sie was zurücklegen.

An Degen fünf Mark weggeschickt. Mit einer Vermahnung: Die Geschichte werde mir zu bunt, und ein erwachsener Mensch müsse soviel verdienen, daß er seine Familie ernähren könne. Seine Frau ist nicht schuld; die schlägt in unsere Art und legt zurück, wo sie nur kann. Aber er vertut alles in Suff und Schnaps!

Nein, so opferfreudige Weiber! Luise brachte mir ein paar karierte Hausschuhe, die sie aus Tuchstreifen selber geflochten hat. (Weil ich neulich sagte, meine Pantoffeln seien durchgelaufen und auch sonst baufällig!) Sind hübsch weit und bequem, so daß ich winters noch Watte dreinstopfen kann. Sollte solche immer tragen können! Wegen meiner Zehe! Das hieße ein Dasein!

Meine Erlösung! Ich atme auf, denn ich verzweifelte schon. Der Brennapparat wurde mir heute herübergebracht. Dazu zwanzig Truhen aus Ahorn, blühweiß. Ich schichtete sie zum Tempel auf, freute mich kindisch des Anblicks, krönte sie mit dem Brennapparat und fiel dann über meine letzten paar Tassen her, um sie so schnell wie möglich aufzuarbeiten. (Notstandsarbeit, sozusagen!) Schuftete noch bis Mitternacht und kriegte dabei noch drei Truhen fertig. Nun aber der Preis? Dachte zwei Mark das Stück; werde doch aber nur eine Mark fünfzig fordern, damit Sanfthobel am Ende nicht erschrickt und wieder von der Sache absteht. (Oder sie einem andern überträgt!) Morgen nach Hildesweilen zum Töpfer; da warten weitere Wunder…

Nicht übereilt jubeln! Es sind vorläufig nur Muster. Freilich eine erkleckliche Menge; und ich hätte für die nächste Zeit Arbeit genug. Wey, der alte Töpfer, ist ein launischer, mürrischer Kauz. Arbeitet aber gut. Lacht jedoch über diese modernen Töpfe; das sei uraltes Bauernzeug –

sagt er –, wie ers schon vor 45 Jahren in der Lehre gemacht habe. Aber in den Städten sei jetzt alles verrückt. (Gleichviel, wenn nur was verdient wird!)

Er sitzt immer ganz still an der Töpferscheibe, das Pfeifchen im Mund, und dreht geduldig seine Töpfe in die Höhe; die lederharten setzt er mir zum Begießen vor; hernach bemale ich sie mit dem Gießhörnchen und ordne die fertige Ware zum Trocknen auf die Gestelle. Die Sache geht mir rasch von der Hand und sollte was einbringen. Hoffe, daß Frau Sanfthobel zufrieden ist, wenn der Probebrand aus dem Ofen kommt. Sie soll wünschen, daß das immer nach drei Tagen geschieht; Wey meinte aber, sie sei wohl aufs Hirn gefallen: acht Tage, keine Stunde weniger! So'n närrisches Weib werde die Welt nicht auf den Kopf stellen! Wenns da nur nicht Händel setzt; solch alte Leute sind schrecklich launisch.

Habe mir nun die Arbeit streng eingeteilt; von morgens fünf bis achte Kallenbergs seine; tagsüber in Hildesweilen beim Töpfer; abends die Truhen für Sanfthobel. Lieferte heute fünf Muster ab. Er war zufrieden und fragte nach dem Preise. Wollte zwei Mark fordern, brachte es aber nicht über mich. Er nickte jedoch, als ich von einem halben Taler sprach, und sagte, ich möge hernach nur die Rechnung einreichen.

Das gibt hübsche Zahlen in mein Büchlein!

Hackel wollte mich für Sonntag zu einem Ausflug haben. Gott sei Dank, ich habe Arbeit; da werde ich kaum gehen können!

Das kommt zur Unzeit! Sehr zur Unzeit!

Ein Kamerad, der in Berlin mit mir arbeitete und jetzt selbständig ist, will mich einstellen. Fünf Mark im Tag. Hier bringe ichs knapp auf drei. Freilich schaut heute die Sache günstiger aus, und ich kann übers Jahr wohl auch auf fünf kommen, wenn Sanfthobel Stich hält. Bin nun in schrecklichem Seelenkampf. Hier lebe ich in einem Paradies, habe meine guten Freunde (im Turnverein) und bin mein eigener Herr; dort müßte ich den ganzen Tag in der Fabrik brummen und könnte nur Sonntags frei laufen, obendrein in dem schlimmen Berlin. Freilich fünf Mark ist ein Wort, und der Kamerad eine gute Seele, dem ich eigentlich nichts abschlagen dürfte. Muß mirs gleichwohl überlegen.

Das ist nun der Dank! Degen schimpft, weil ich ihm bloß fünf Mark schickte, schreibt mir die Schwester. Bin ich ein Rentner? Hol ich das Geld aus dem Ärmel? Und habe ich für einen Trinker einzuspringen, der jeden Groschen in die Schnapsbude trägt? Mich Tag und Nacht abrakkern, damit er zu saufen hat? Als ob unsereins sein Stück Geld nicht auch gern sähe! Und noch zu schimpfen! Ich wills ihm gedenken!

Frau Sanfthobel habe gestern Abend nach der Ware gefragt, sagt der Töpfer. Was sie denn wolle? Jede Arbeit habe ihre Zeit, und nur ein Narr verlange Hexerei. In seiner Werkstatt sei er der Herr; da habe niemand was zu sagen; und so weiter. Fluchte und wetterte den ganzen Vormittag und war nicht zu beruhigen. Ich fürchte, er überwirft sich einmal mit ihr und verdirbt sich das ganze Geschäft. Schrecklich, wenn ein Mensch nicht friedfertig und höflich sein kann!

Nein, so geht das nicht weiter. Sonst bin ich übers Jahr am Bettelstab. Wer heißt ihn ein Haus kaufen, wenn er kein Geld hat? Dreihundert Mark, wo ich ihm schon mit tausend geholfen habe! Und alle Augenblick klopft Degen an, dem ich eben erst fünf Mark schickte und der mich nun einen Knicker schimpft. Lehnte also ab; so gebot mir die Klugheit. Fürchte nur, er trägt mirs nach, was freilich kleinlich wäre. Denn über Geldgeschichten sollten die Menschen nicht stolpern!...

Die Töpfe – Gott sei Dank – sind im Feuer! Gestern habe Frau Sanfthobel neuerdings nachgefragt. Da hätte Wey die Bude abgeschlossen und sich verleugnen lassen. Wollte, die Ware wäre heraus, damit ich die Rechnung einreichen könnte. Habe zwar mit Frau Sanfthobel noch nicht gesprochen; bin darum in einiger Unruhe wegen des Lohns, den ich fordern soll.

Das nenne ich Glück; immer Arbeit zu haben! So ist denn in letzter Zeit alles vollkommen. Mein Büchlein füllt sich mit prächtigen Posten. Ergötze mich schon immer früh im Bett, sie zu überfliegen und zusammenzurechnen. Der Mensch muß eine Freude haben.

Reiche künftig die Rechnungen erst Ende des Monats ein, damit ich immer eine Anzahl Goldstücke heimtragen und zur Kasse bringen kann. Die Bankbrüder mögen sich verwundern! Halte inzwischen alles in einem Ledertäschchen gut verborgen, unter einem Dachsparren, wo es keine Seele vermuten würde. Ich will nämlich ruhig schlafen und sicher sein; denn es gibt Spitzbuben in der Welt!

Mein Berliner Kamerad hat wieder geschrieben. Bin nun in großer Unruhe; muß abwarten, wie sich die Dinge hier entwickeln. Wenn sich einige Sicherheit bietet, bleibe ich natürlich hier; lebe wohlfeiler und kann eher etwas zurücklegen als in dem teuren Berlin.

Heute den Ofen ausgeräumt. Gott sei Dank ist alles gut geworden; nicht ein Stück mißraten! Es fiel mir ein Stein vom Herzen, als ich die schönen Töpfe so prächtig aufgestellt sah. Mitten in die Arbeit hinein kam Frau Sanfthobel gestürmt; eine stattliche Frau, stolz, stramm, etwas männisch: eine Walküre! dachte ich! ein Niederwalddenkmal! sagte der Töpfer, als sie wieder weg war. Hatte sie schon öfters gesehen, kannte sie aber nicht. Sie war sehr zufrieden mit der Arbeit, schenkte Wey einen Fünfziger, mir eine Mark und ließ uns einen Liter Roten aus der nahen Wirtschaft bringen. Ich trank jedoch nichts (mein Grundsatz vormittags!). Wey dagegen höhlte die Flasche in einigen Zügen aus, so daß er ganz blaurot wurde und seine Töpfe nimmer hochdrehen konnte. (Hatte wohl vorher schon Schnaps getrunken.) Wir kriegten gleich die doppelte Menge Ware in Auftrag; mit dem betrunkenen Alten war aber nichts mehr zu wollen; so ging ich nach Hause zu meinen Truhen und arbeitete noch eine ganze Anzahl weg. Jetzt ist das Glück im Hause und für mich nichts weiter zu wünschen!

Der Aktuar blieb noch vierzehn Tage aus, da er Schnupfen hatte. So entging mir eine Mark und zwanzig. Dafür nahm er denn heute zwei Stunden. Ist ein recht geschickter Bursche. Und traut sich was zu. Scheint auch verliebt; er malt nämlich einen Zierteller mit dem Trompeter von Säckingen (zum Schloß hinaufblasend); er redete auch die ganze Zeit von einem Fräulein, das über ihm wohne und das er demnächst einmal anzusprechen wagen wolle, wenn sie ihm wieder auf der Treppe begegne. Und singt entzückend: »Behüt dich Gott, es wär so schön gewesen!« was mich zu Tränen rühren kann. Zu Schluß des Unterrichts zahlte er bar (eine Mark zwanzig), und ich hatte nichts dabei zu tun gehabt, als zuweilen seine Arbeit nachzusehen. Ein hübscher Nebenverdienst. Schenkte mir schließlich noch eine Zigarre (zu zehn, wie er sagte). Ich tat einige wenige Züge und werde sie kommenden Sonntag zu Ende rauchen.

Mein Guthaben bei Sanfthobels geholt: dreißig Mark für die Truhen und dreiundvierzig für die Töpfe. Die Frau gab mir fünfundvierzig; winkte nämlich ab, als ich herausgeben wollte. Worauf ich mich höflich bedankte. Sind beide sehr zufrieden (für mich die Hauptsache!). Leistete mir darauf ein Pärchen Schweinswürste mit Kraut, was ich immer gern esse, trank zwei Glas Bier und las die »Gartenlaube« dazu. Hackel kam später noch – er war etwas angetrunken – und wollte mich zu einem Trunk Wein behalten; hatte aber noch etwas Arbeit für Kallenberg zu Hause; so ging ich weg und arbeitete bis zum Schlafengehen.

Hätte neue Socken haben sollen; die alten waren so zerlöchert, daß ich sie Luise nicht zum Stopfen geben mochte, obschon sie sich neulich dazu antrug. Habe sie nun selber mit alten Flicken ausgebessert und denke, sie werden so noch ein Jährchen aushalten. Die Hemden nahm Luise zum Flicken mit. Werde mir noch ein oder zwei Jägerhemden kaufen (Gebr. Ettlinger hat billige); man kann sie länger tragen als baumwollene, und sie saugen den Schweiß besser auf, was vor Erkältung schützt. Die Vorhemdchen taugen noch.

Habe dem Berliner Kameraden abgeschrieben, nachdem ich mich natürlich erst bei Sanfthobel vergewissert hatte, daß er mir den Winter hindurch ausreichend Arbeit gebe. Kann jetzt schon im Durchschnitt vier bis vier Mark zwanzig rechnen und mit der Zeit wohl auf fünfe kommen. Und habe hier nicht die Ausgaben, wie in Berlin, wo jeder Schritt eine Versuchung zum Geldverschleudern ist.

Hatte heute einen tödlichen Schreck. Als ich meine Einnahmen zur Kasse bringen wollte, fand ich sie nicht im gewohnten Versteck. Das Herz stand mir still vor Bestürzung. Hatte mich aber nur in dem Dachsparren geirrt, unter dem ich es verborgen glaubte. Fand dann auch alles fein säuberlich beisammen im Ledersäckchen. Goldstücke, Taler, Papierscheine und den Gulden, den ich neulich wo statt eines Markstücks bekommen habe. Wieder sechs Groschen Gewinn (der Bankfritze wollte zwar das einzelne Stück nicht umwechseln). Mit Sanfthobels letzter Zahlung waren es hundertsechsundsechzig Mark vierundzwanzig. Werde es künftig nimmer im Dachgebälk verbergen, sondern gleich zur Kasse tragen; ein Brand und der ganze Monatsverdienst wäre hin!

Kommenden Sonntag soll Turnfahrt sein. Erhob aber Einspruch; es ist nicht Geld genug in der Kasse; die Fahrt zu Schiff müßte jeder aus eigener Tasche bezahlen. So'n Fest ist aber Vereinssache. Man soll jedoch nicht über seine Verhältnisse leben. Wenn sie ein anderes Ziel wählten, wo keine Schifffahrt bei nötig wäre – meinetwegen! Sonst gehe ich nicht mit; habe darin meine Grundsätze.

Die Töpfe finden Liebhaber; die Truhen weniger. (Na, wird sich noch machen!) Als ich heute wegen weiterer Aufträge im Laden nachfragte, kaufte gerade Baron Ebenthal aus Hildesweilen zwei davon, was mich für Sanfthobel sehr freute, da es ihn doch ermutigt. Der Baron sagte mir hernach, man sollte die Truhen beizen und mit alten Hufnägeln beschlagen; sie würden echter aussehen. (Dachte ich längst! Möglich, daß er mir solche in Auftrag gibt; unter der Hand; Sanfthobel dürfte es freilich nicht erfahren!)

Es war heute schon ordentlich kühl, und mir ist bang vor dem kommenden Winter; die Kohlen sind so schrecklich teuer. Die Wirtin hat endlich die zerbrochene Scheibe machen lassen, freilich erst, als ich va banque spielte und mit Umzug drohte. So zu knickern, wenn man solches Geld hat!

Traf heute Otterbart, den Buchbinder, den ich lange nicht gesehen hatte. Jammerte schrecklich über schlechten Verdienst. Ist sonst ein guter und tüchtiger Mensch, auch fleißig und sparsam (wie sichs gehört); kommt aber nicht recht vom Fleck. Er sagte, er würde sich gerne selbständig machen, aber das Handwerkszeug und die Mieten seien so teuer, und man müßte dazu schon etwas Kapital haben. Und machte solche Anspielungen. Da riet ich ihm ab. Als Geselle tut er sich immer noch besser; man ist sorglos und kriegt wöchentlich sein sicheres Geld (wer nicht streikt). Wie es einkommt, dafür muß der Meister sorgen. Und so weiter. Er begleitete mich noch ein ganzes Ende und wollte mir meine Bedenken ausreden; da traf ich Sanfthobel, der mich ansprach; so kriegte ich ihn los.

Lau kam erst heute zum Unterricht, statt Sonntags, wo ich seinethalb die Turnerfahrt versäumte; und zwar nach sechs Uhr abends. So nahm ich noch sechs Groschen ein, als ich schon Feierabend machen wollte. Er lud mich hernach zu einem Glas Bier ein und plauderte recht unterhaltend; wie er denn ein sehr ordentlicher Mensch ist, der was auf sich hält und seine Grundsätze hat. Ich begleitete ihn heim, wo er mir auf der Flöte einige reizende Lieder aus dem »Trompeter« vortrug und eine Zigarre schenkte. Schwärmte sehr von Liebe, die ihm den ganzen Tag den Kopf beneble, aber ihn beselige und beglücke. Kenne die Geschichte; man kann aber verschiedener Meinung darüber sein.

Lernte heute bei Sanfthobel den Kunstmaler Mödlinger kennen. Soll in München Akademiker gewesen sein und hat eben jetzt im Kunstverein eine Salome mit dem Haupt des Johannes ausgestellt. Ein ganz ordentlicher Mensch, wie mir dünkt. Sprach nur etwas zuviel von seiner Malerei und achtete gar nicht auf Sanfthobels Truhen, was diesen etwas zu stechen schien, besonders als er die Töpfe seiner Frau so lobte. Ich saß wie auf Kohlen; sie gingen schließlich unter kühlem Knicksen auseinander, und Sanfthobel machte hernach kein sonderliches Aufheben von der Salome. Mödlinger bat mich, ihn mal zu besuchen. Was ich mir überlegen werde.

Die Turnfahrt sei sehr schön gewesen, sagte mir Hackel; alles toll und voll (wie immer!). Dr. Hahn habe Geburtstag gefeiert und deshalb den ganzen Rummel bezahlt. Davon hat nun keiner geschnauft! …

Was fordere ich nun dafür? Der Mann ist reich und könnte ordentlich bezahlen; er lasse sich was kosten, wenn es gut ausfalle, sagte er; aber ich darf ihn auch nicht abschrecken mit zu hohen Preisen.

Baron Ebenthal kam nämlich heute zum Töpfer: Ob wir ihm ein altes grünglasiertes Tintenzeug nachbilden könnten? Wey wollte nichts davon wissen; ich aber faßte mir ein Herz und sagte zu. Ist ein altes Stück mit verzierten Wänden und hoher Rückenlehne; ein altmodisches breites Ding; zweischläfig hieß es der Baron. Machte mich sogleich ans Werk. Und hoffe, es gerät. Der launische Töpfer zweifelte freilich und will mir die Sache verleiden; nennt es eine Herrenlaune und Narretei. (Wie solche Leute mal sind!) Habe es mit heimgenommen und die Teile zuerst von Hand nachgebildet (führte aber zu nichts), dann in Gips abgegossen. (Dreißig Pfennig dafür ausgeworfen.) Mißlang aber auch. Werde indes nicht locker lassen; denn wer ausharrt, wird belohnt.

Luise brachte die geflickten Hemden. Sind gut gearbeitet. Wollte ihr ein kleines Geschenk dafür kaufen, was sie aber nicht zuließ. Drang dann nicht weiter in sie, sondern ging mit ihr nach Haus, wo man mich zum Abendbrot behielt. Hätte unterwegs gern bei Mödlinger Besuch gemacht; glaubte aber dort auch bewirtet zu werden, worauf ich mir vornahm, später mal vorzusprechen.

Wie habgierig die Menschen sind! Selbst wenn sies gar nicht nötig haben! Seit einer Woche steigt meine Wirtin täglich vier-, fünfmal auf den Dachboden herauf, gespenstert herum, hüstelt, hustet, räuspert sich und macht sich zu schaffen, was sonst den ganzen Monat nie geschieht, weil sie engbrüstig ist (und ja auch nichts da oben zu schaffen hat!). Rückt dann bis zu meiner Tür vor: Ob ich nicht was brauche? Vielleicht eine Fleischbrühe, oder eine Milch, oder ein Glas Bier? Wo sie doch weiß, daß ich vormittags nichts trinke und mir das Frühstück selber bereite, wenn ich eins nehme. Und nach einer kleinen Stunde geistert sie schon wieder herum und fragt aufs neue. Freilich, ich habe die Miete noch nicht bezahlt! Aber hat sie denn das bißchen Geld so nötig? Oder nötiger, als ich armer Kunde? Zwei schuldenfreie Häuser und noch Geld am Zins! (Boßhard, mein Turnbruder, sagt es, der auf der Bank ist.) Nun mag sie erst warten; Habsucht muß bestraft sein; ich will sie ihr austreiben!

Habe mit vieler Mühe die Gipsformen gefertigt und formte heute das Tintenfaß aus, sorgsam Teil für Teil, klebte die Stücke mit Schlick zusammen und machte es zum Brennen fertig, all das, während Wey gemächlich seine Töpfe drehte und zwischenhinein am Schnapsfläschchen sog. Er meint, es werde nicht viel für mich abfallen; vornehme Leute seien knickerig, und solch altes Zeug könne man bei jedem Trödler um einige Groschen kaufen. Für mich ists ein Auftrag; gleichviel was er bringt; man muß dem Schicksal danken fürs kleinste Stück Arbeit, das es einem schickt.

Heute die Miete bezahlt. Wollte die Quängelei der Wirtin los sein, die mir noch gestern abend spät, als ich vom Töpfer kam, auf die Bude rückte. Ob ich sie denn ganz vergessen hätte? Und ob sie mir jetzt Kohlen für den Winter bestellen dürfe? Sie wolle die paar Groschen vorerst gerne auslegen. Ging aber nicht drauf ein; ich will wissen, was meine Heizung kostet.

Der junge Kallenberg will ein Teegedeck haben. Für seinen Schatz, die Schauspielerin. Ist ein Leichtfuß, der Junge! Der eine schöne Menge Geld wegwirft! (Sonst aber ein guter Bursche!) Der Alte dürfe jedoch nichts davon erfahren. Sechs Tassen, Teller, zwei Kannen. Butterschale, Zuckerdosen und Honigschale. Ich verwerte ein altes Muster, das vorzeiten Wollenweber in Bonn entwarf; war ein leichtsinniger Mensch, der eine Menge Geld verdiente, aber nichts beiseite brachte, weil er schrecklich trank. Das Muster ist aber gut. Fragte Kallenberg, ob sein Vater mir immer noch keinen höheren Stücklohn geben wollte, worauf er aber auskniff: »Sprechen Sie mit dem Alten selber; mich gehts nichts an!« Forderte ihm nun fürs Stück einen Groschen mehr; macht fürs ganze Gedeck eine Mark siebzig. Er fand das etwas kostspielig, willigte aber schließlich ein, da ich ihn beim Ehrenzipfel faßte und sagte, man müsse der Liebe ein Opfer bringen. Als wenn der Bursche nicht jeden Abend ein paar Taler springen ließe. Man kennt die Weiber! …

Der Kreisschreiber brachte zwei Aufträge: Schildchen für den Glockenzug und für die Flurtür: »Servaz Doldinger, Kreisschreiber«, und zwei Läufer mit Inschrift (»Gesegnete Mahlzeit!« und »Nur ein Viertelstündchen!«) Klagte auch wieder über hohe Steuern, teures Leben und die Sorgen eines Hausbesitzers. Da machte ich mich hinter meine Truhen, worauf er sich empfahl. (Etwas gekränkt, wie ich fürchte. Was aber nicht meine Absicht war!)

Wenn nur dieser Brand gut ausfällt! Weil nämlich das Tintenzeug drin ist. Der Baron ließ heute fragen, ob er es bald holen könne? Wenns an mir läge: morgen schon; aber der Töpfer hat so langsam gearbeitet. Er könnte das Dreifache hinter sich bringen, wenn sein Schnaps nicht wäre.

Habe bloß einen Zentner Kohlen bestellt, obschon mir der Händler zwei aufschwatzen wollte. Wird ja bald unerschwinglich, das Zeug: eine Mark dreißig der Zentner! Hoffe damit den Winter über auszureichen, da ich ja meist in der Töpferei arbeite. Auch wollen mir Luisens Eltern einige Bündel Holz überlassen, die ich gelegentlich nachts, wenn ich dorthin zu Besuch gehe, heimschleppen werde.

Ein stolzer Auftrag: eine Menge Wäsche zu zeichnen, darunter eine ganze Anzahl von Läufern mit allerlei Zierwerk und Inschriften: die Aussteuer für Oberbürgermeisters. (Das Töchterchen hat sich nämlich verlobt!) Lief über die Tischzeit hin, damit mir niemand zuvorkam, schleppte das Zeug in zwei Körben heim und eilte dann wieder zu meinen Töpfen. Merkte dort zu spät, daß ich meinen Happen Schwarzbrot, den ich mit etwas Obst zu Mittag nehme, vergessen hatte; Frau Wey gab mir dann eine Handvoll gedörrter Zwetschgen und ein Gläschen Kirschwasser. Ich hielt damit leidlich bis zum Abend durch.

Ein ganz netter Mensch, dieser Mödlinger. Besuchte ihn heute, als ich vom Töpfer weg zu Luise wollte; scheute dann aber den Umweg, da Regen drohte. Dachte nicht, daß er so leutselig wäre; hielt ihn für stolz, da er Akademiker ist; er zeigte mir aber bereitwillig seine Arbeiten, setzte mir ein Glas Rotwein mit Schinken vor und wollte mich auch zum Abendbrot behalten; zog aber vor, ein andermal zu kommen, da ich schon vom Schinken reichlich satt war. Er hat wohl an die dreißigmal sich selber gemalt, immer mit der Palette in der Hand und sehr ähnlich, was die Hauptsache ist. Wer soll aber das alles kaufen? Ja, ein Schneewittchen oder den kleinen Däumling, so was lieben die Leute. Das ist wie aus der »Gartenlaube« geschnitten. Scheint überhaupt ein ziemlich genialer Bursche zu sein.

Der Hofbäcker – höre ich – will seinen Brotwagen bemalen lassen: zweimal das Hofwappen, einige Medaillen und Brezeln. Werde morgen in aller Frühe bei ihm vorsprechen; da treff ich ihn sicher. Die Arbeit für Oberbürgermeisters hoffe ich morgen auch abzuliefern. Habe bis zu dieser späten Stunde die Namenszüge aufgepaust; jetzt fallen mir vor Müdigkeit die Augen zu. Soll nun aber auch ein paar dicke Taler setzen!

Hatte kaum den Mut, beim Hofbäcker so früh schon vorzusprechen (man ist immer zu schüchtern); beschloß dann aber, ein Grahambrot zu kaufen, zum Vorwand; esse es gerne, seit ich beim Kreisschreiber in Kost war. Trat also tapfer ein. Er war nur mit Hemd und Hose bekleidet und stak mit nackten Füßen in Filzpantoffeln. Will fünfundzwanzig Mark für die Arbeit auslegen; muß aber in acht Tagen fertig sein. Mache ich in dreien! Habe mir die nötige Farbe beschafft, und die Wappen- und Medaillenbilder auf Pauspapier vergrößert.

Wir hatten heute kaum die Muffel geöffnet und die Ware herausgeholt, als der Baron mit seinem Sohn hereingeschneit kam und nach dem Tintenzeug fragte. Konnte es ihm (sozusagen noch warm) aushändigen, und er war so zufrieden, daß er noch ein zweites für den Sohn bestellte und mir, der nicht wußte, was fordern, ein Geldstück zusteckte, das ich in der Tasche krampfhaft in der geschlossenen Faust hielt, bis sie beide fort waren. Zwanzig Mark, runde zwanzig Mark für das bißchen Arbeit! Der Töpfer wollte es nicht glauben. »Passen Sie auf!« – sagte er – »ob er nicht wieder herschickt: er habe sich geirrt!« Geschah aber nicht; ich lief gegen Abend eilig heim und sitze nun hinter meinem Drehscheibchen und ziehe meine Reifchen um Tassen und Schalen, freudig und unermüdlich. Und neben mir funkelt freundlich das Goldstück.

Habe neulich beim Hofbäcker fünf Pfennig zuviel bezahlt: dreißig für das Grahambrot, statt fünfundzwanzig. Die Frau wollte nichts davon wissen und gab mir nichts zurück; der Hofbäcker, den ich herbat, ordnete die Sache anstandslos. Mein Entwurf hat seinen Beifall; werde morgen die Geschichte auf den Wagen malen, da der Töpfer feiert; er müsse zu einer Leiche, sagte er.

Mit dem Aussteuerzeug bin ich doch erst heute fertig geworden; war ein gewaltiger Stoß Arbeit; gutes schlesisches Leinen; kenne das Zeug. Hat sicherlich ein Sündengeld gekostet!
                Aufstellung:
20,00 Mark (vom Baron fürs Tintenzeug.)
14,40   ”   (von Bürgermeisters! Erwartete mir mehr!)
25,00   ”   (vom Hofbäcker.)
36,00   ”   (von Frau Sanfthobel.)
27,00   ”   (von Sanfthobel für Truhen.)
23,50   ”   (von Kallenberg; diesmal leider recht wenig!)

Zusammen hundertfünfundvierzig Mark neunzig. Dazu einen Taler vom Hofbäcker, weil er mit der raschen Arbeit sehr zufrieden war. Er begleitete mich vor die Ladentür und drückte ihn mir verstohlen in die Hand; seine Frau dürfe nämlich nichts davon wissen. Trug hundertzwanzig Mark sogleich zur Kasse; sieben bekommt die Wirtin, zwei Mark zehn der Milchmann; ein Jägerhemd sollte ich mir auch noch kaufen, oder ihrer zwei (man muß doch ab und zu wechseln können!). Schrecklich, was man für Ausgaben hat!

Sehe Mödlinger öfters in der Stadt (steigt wohl viel den Mädchen nach?). Schade für die schöne Zeit; was man da nicht alles arbeiten und verdienen könnte! Genie allein tuts eben nicht; der Fleiß ist die Hauptsache.

Der Aktuar kommt pünktlich, malt fleißig und zahlt redlich. Hat auch immer eine Zigarre für mich. So lob ich mir den Mann. Den Trompeter hat er bald fertig (wird eine recht artige Arbeit!); er malt aber vielleicht noch ein zweites dazu: Margarete mit der Trompete, überrascht vom Trompeter. Als Gegenstück. Das ist gescheit; Pedanten machen sich immer gut.

Das zweite Tintenzeug kommt morgen in die Muffel. Ob ich wieder einen Goldfuchs kriege? Der Töpfer glaubt immer noch, der Baron werde es ins andere verrechnen.
  Es schneite heute zum erstenmal. Bin froh, daß ich in der warmen Werkstätte sitzen kann und nicht daheim Kohlen verbrennen muß. Wenn ich nur auch noch Sanfthobels Truhen dort fertigen könnte (nach Arbeitsschluß!). Aber der Alte ist tüftlig: kaum daß es dämmert, ruft er Feierabend, schließt die Bude ab und wandelt zum Schoppen. Werde mal mit seiner Frau darüber reden, das ist eine Goldseele. Lobte neulich ihr Dörrobst, und gleich gab sie mir eine mächtige Tüte voll mit.

Hatte mir etwas Schwarzbrot und Leberkäse zum Abendbrot geholt, als mich der Aktuar traf und zum Tee mit heimnahm. Eine schöne warme Sache bei dem naßkalten Wetter! Wir saßen ein Stündchen beisammen, plauderten verständig und rauchten eine Zigarre. Konnte ihn dabei überreden, fortan immer zwei Stunden zu nehmen, damit der zweite Zierteller zu Weihnachten noch fertig wird.

Luise brachte mir ein Paar wollene Kniewärmer (selbstgestrickte), damit ich beim langen Sitzen in der Werkstätte nicht kalt kriege. War eigentlich nicht nötig; denn der Töpfer heizt immer kräftig; aber Vorsicht ist gut; einen Schnupfen hat man nur allzubald.

Kallenberg schickt augenblicklich keine Arbeit; ein Glück, daß ich für beide Sanfthobel ziemlich zu tun habe; gleicht sich so wieder aus.

Der Alte erlaubt mir, nach Feierabend in der Töpferei zu arbeiten. Wer sich mehr als nötig Arbeit mache, sei gestraft genug, brummte er. So schleppe ich morgens immer einige Truhen hin, mache sie dort fertig und trage sie abends spät heim. Mit Kallenbergs Porzellanzeug wag ichs freilich nicht. Traf heute auf dem Heimweg Mödlinger, der mich zu einem Glas Wein in den »Engel« einlud. Trank aber nur ein Gläschen Münchner Bier und aß einige Brötchen dazu, da ich einen hellen Kopf haben wollte; hatte nämlich noch einige Tassen zu bemalen. Als wir gingen, mußte ich auch für ihn zahlen, da er kein Geld bei sich hatte: zwei Viertel Wein, einen Tilsiterkäse und zwei Brötchen; machte (für ihn) sechsundsiebzig Pfennig. Begleitete ihn noch nach Hause, um das Geld stillschweigend wieder zu kriegen. Doch gab er mirs noch nicht.

Luise darfs nicht erfahren, sie verginge vor Eifersucht; auch bin ich ihr Dank schuldig für die wollenen Kniewärmer und anderes. Also reinen Mund, Hänfling…

In der Nachbarschaft des Töpfers haust nämlich eine alte Frau Doktor; eine Witwe; eine grundgütige Seele mit einer jungen Pflegerin (zwar schon etwas angeraucht; beiläufig sechsundzwanzig!) Hyazintha heißt sie; kurzweg Zintha. Sie kam einigemale zu Töpfers, fragte dies und das und unterhielt sich auch mit mir. Heute, da es ordentlich kalt war, ließ mich Frau Doktor zum Kaffee bitten, und da es schon halb sechs Uhr und die Arbeit getan war, blieb ich bei den Damen in der warmen Stube sitzen und verplauderte mich bis zum Abendbrot, wozu sie mich dann auch noch behielten und herausfütterten, als hätte ich zehn Tage gehungert. Ich galt wie ein Sohn. Frau Doktor hat überhaupt etwas Mütterliches mit ihren freundlichen Augen hinter der Brille. Wird einem bei ihr in die Seele hinein wohl, wie wenn man mit kalten Füßen in warme Filzschuhe schlüpft. Sie frug mich, ob es in Schlesien wirklich so schlimm hergehe, wie es der Gerhart Hauptmann schildere. Ich legte gründlich los. Worauf die Frau ganz aus dem Häuschen kam und solche Zustände unmenschlich, sibirisch, preußisch hieß. Und bemitleiteten mich, als litte ich selber darunter, und stopften mir die Taschen voll für acht Tage und fragten, ob ich daheim auch immer ein warmes Zimmer habe und erklärten mir schließlich, sooft ich in Hildesweilen arbeite, sei ich ohne weiteres zum Kaffee geladen; ich müsse wissen, daß ich nicht in Schlesien sei.

Die Sparkasse soll nur noch drei vom Hundert geben wollen! Da wäre sie in Schwierigkeiten? Und ich müßte mein Geld wegnehmen! Werde mal Boßhard fragen; der muß es ja wohl wissen.

Gustav Hänfling zu Besuch
(Zeichnung von Heinrich Ernst Kromer)

Ich solle das Tintenzeug ins Schloß bringen, läßt mir der Baron sagen. Eine peinliche Geschichte; da muß ich mir wohl den Bratenrock ausbessern lassen; in meiner Lodenjoppe kann ich dort doch kaum vorsprechen?

Gott sei Dank, es war nur ein Schreckschuß. Der Zins werde nicht verkürzt, eher das Gegenteil, sagte mir Boßhard. Also bloß ein Börsenmanöver...

Fand zu Hause ein Körbchen mit allerhand Eßbarem vor: Schwarzwälder Speck, gedörrtes Obst, einige Spalierbirnen und ein Fläschchen Heidelbeerlikör. Es ist Nikolausabend, woran ich nicht dachte. (Muß mich nächstens wieder zeigen!) Aß also zu Hause, und zwar im Bett, da das Zimmer eiskalt war und ich nimmer heizen mochte...

Das Tintenzeug kam aus der Muffel. Tadellos gelungen, so daß sich selbst der brummige Töpfer dran erfreute! Ich solle gleich damit ins Schloß hinüber, riet er mir; getraute mich aber nicht in meiner Joppe. Wenn ichs Frau Doktor auftrüge? Die war mal dort Erzieherin...

Überschlug heute abend meine Guthaben und den Verdienst bisher. Seit ich für Sanfthobels arbeite, kann ich zufrieden sein: im Mittel vier Mark drei Pfennig den Tag; macht fürs Jahr eintausendvierhundertsechzig und zehn Mark fünfundneunzig (ungerechnet die Hexensteine, die ich gesondert verrechne wegen der Steuerbrüder!). Wurmsam lieferte mir zu Allerheiligen siebenundfünfzig Mark fünfundsechzig ab, die ich damals gleich zur Kasse trug. Hoffe immerhin, heuer meine sieben bis achthundert Mark an den Zins zu bringen (wo nicht mehr!).

Der Gang ins Schloß blieb mir erspart. Machte mir schon Gewissensbisse, weil ich den Baron warten ließ;

da kam er selbst. Wieder ein Zwanziger! Das Herz hüpfte mir vor Freude, und ich hätte wie ein Böcklein in der Werkstatt herumhopsen mögen. Ein Prachtsmensch, der Baron! Legte mir schließlich noch nahe, diese Töpfereien auf eigne Faust zu machen. (Was so'ne Sache ist!) »Ein Bombengeschäft!« sagte er. »Und mit fünfhundert Mark ists getan. Wenns daran fehlt, ich helfe Ihnen; in ein paar Jahren sind Sie ein reicher Mann. Überlegen Sie sich die Geschichte!« Damit storchte er hinaus.

Gewiß überlege ich mirs! Schon tausend Mark ausgeliehen; nun nochmal fünfhundert aufs Spiel setzen? Und Frau Sanfthobel? Die bringt mich im Handumdrehen ums Brot! Und der Zins, Herr Baron? Für ihn wärs den Mäusen gepfiffen; für mich sinds achtzehn Mark fünfundsiebzig!…

Traf heute früh Mödlinger und sprach einige Minuten mit ihm; wollte mir nämlich im Laden nebenan ein paar Suppentafeln kaufen, hatte aber kein Geld mit. Er verstand den Wink nicht, und so warte ich immer noch auf die sechsundsiebzig Pfennig. Er hatte einen verdächtigen Weinbruder bei sich, der ihm Bilder verkaufen und Aufträge verschaffen wollte, sagte er. Wollte mir den Kunden vorstellen, traue dem Kerl aber nicht übern Weg. Winkte drum ab und drückte mich schleunig.

Sollten die Weiber Absichten haben? (Nämlich, mich zu beschenken.) Luise frug mich z. B., ob ich irgend was sehr nötig hätte! Auch Frau Doktor bohrte neulich so an mir herum. Das schenken mögen sie nur bleiben lassen; wüßte nicht, was ich dagegengäbe.

Der junge Baron besuchte mich heute. Ein Glück, daß er mich traf. Ich war nämlich zu Hause geblieben, weil der Töpfer das Reißen hat (vom vielen Trinken, natürlich!). Ist, wie der Alte, ein freundlicher Herr und hat Interesse fürs Porzellanmalen, wie er mir sagte. Er brachte ein steinaltes Löwenbild (aus Siena sei das Stück), das ich in Ton nachformen und farbig glasieren soll. Wollte es seinem Vater schenken, zur Bekrönung eines alten Kachelofens; doch müßte es vor Weihnachten noch fertig werden (was ich ihm versprach!). Da gerade Essenszeit war, lud er mich in den »Engel« ein; es gab Rostbraten mit Blaukraut, grünen Bohnen und Gelbrüben; hernach Käse und eine Tasse Kaffee. Schmeckte mir riesig; tat mir aber doch ein bißchen leid um das schöne Geld, als er zahlte.

Muß Frau Doktor doch wohl was schenken; denn sie ist zu gütig gegen mich; hat mich diese Woche schon dreimal zum Abendbrot behalten. Vielleicht ein Kaffeetäßchen mit einigen Blümchen und der Inschrift: Der Hausfrau. So was gefällt. Müßte dann freilich für Zintha auch was malen...

Gestern und heute den Löwen ausgeformt. Steht bereits in der Muffel. Ist ein drolliges Vieh; schaut drein, als ob er lachte, und sollte doch wohl ein grimmiges Wesen zeigen. Bildhauer Kleinfink war mir beim Abformen behilflich, wofür er zwei Schoppen Bier verlangte.

Zufällig bei Luise vorbeigekommen. Ich darf sie nämlich nicht zu sehr zurücksetzen; sonst schöpft sie Verdacht und wird eifersüchtig. (Weiber wittern gar fein!) Nahm dort Abendbrot und blieb bis halb zehn, da sie so'ne mollig warme Stube hatten; und als ich mich endlich auf die Socken machte, steckte sie mir noch eine Tafel Schokolade zu. Werde sie zum Frühstück kochen; ist doch besser als die dünne Milch. Auf dem Heimweg sah ich im schmutzigen Schnee was blinken; ich hob es auf und besah es unter einer Laterne. Es war ein Groschenstück. Das krönte den schönen Abend...

Eine Menge Truhen sind nachbestellt. Noch vor Weihnachten zu liefern. Arbeitete drum heute schon vor fünfe in der Frühe, ließ mich von der Turnstunde befreien und schuftete bis in die vorgerückte Nacht, so daß mir jetzt ordentlich die Augen brennen. Setze eine Ehre darein, die Arbeit pünktlich zu liefern; denn Sanfthobel zahlt auch pünktlich.

Ich huste ein bißchen und fühle ein leises Stechen auf der Brust. Scheine mich dieser Tage erkältet zu haben (trotz der wollenen Kniewärmer. Ist wohl unvorsichtig, so früh morgens im kalten Zimmer zu arbeiten; denn die Lampe allein heizt nicht genügend, da ich ja auch keine Doppelfenster habe. Man müßte heiraten; als Junggeselle ist einer schlimm aufgehoben…)

Frau Doktor gab mir Lindenblüten mit; ich solle mir einen Tee davon machen und gründlich schwitzen, sagte sie. So bekäme ich die Erkältung los. Es sei nicht damit zu spaßen. Wenn ich wolle, könne ich ihr Katzenfell auf die Brust legen, das ihr seliger Mann in solchen Fällen immer getragen habe. Würde mir aber wohl zu warm machen; und ich will mich nicht verzärteln. Der Töpfer sagte: Ein Schnapsrausch sei das Beste gegen Erkältung; seine Frau empfahl mir heißen Honig…

Nun hat mir Mödlinger diesen Kunden doch vorgestellt. Kamen beide beim Töpfer vorbei und besuchten mich. (Und störten mich bei der Arbeit!) Ein zudringlicher Bruder, dieser Storzel. Als sie mich gar zum Wein mitnehmen wollten, lehnte ich aber gründlich ab. Wegen jedes hergelaufenen Menschen meine Arbeit liegen lassen! Und nochmals in die Lage kommen, sechsundsiebzig Pfennig auszulegen, damit sie der andere vergißt! Der Bursche bewunderte meine Arbeit und lobte und schmeichelte (was ich schon nicht leiden mag!): da ließe sich ein

Heidengeld mit verdienen, sagte er (mit den Truhen nämlich; es lagen gerade welche umher). Man müßte die Geschichte nur richtig in die Hand nehmen. Winkte aber ab: Das Heidengeschäft mache Sanfthobel, sagte ich; auf so gewagte Geschichten ginge ich nicht ein. Brach schließlich auf und ging zu Frau Doktor, nur um den Kunden loszukriegen; Mödlinger werde ich unter vier Augen sagen, er möge mich künftig mit solchen Gesellen verschonen.

Wenn der Löwe mißraten würde? Ist mir wirklich etwas bange darum; es hieße zwei Tage vergebliche Arbeit! Nun wird sich Schwager Degen wieder melden; es geht auf Weihnachten, und da fehlt er nie. Ein Wunder, daß er einige Wochen geschwiegen hat; möglich, daß ich meinem Neffen ungebeten einen Taler schicke; denn er ist ein ordentlicher Junge, der nichts für seinen Vater kann, und eine kleine Freude darf er wohl zu Weihnachten haben...

Der größte Teil der Truhen ist fertig. Und prangt schon im Ladenfenster bei Sanfthobel. Rest morgen. Gibt eine schöne Stange Geld! Und alles hübsch in den Früh- und Abendstunden verdient, wo andere im Bett liegen oder hinterm Bierglas hocken. Der Mensch kann wirklich was leisten, wenn er seine Zeit gut nützt; und gibt doch Leute, die über Langeweile klagen!

Der Löwe ist tadellos. Einige Risse in der Glasur und ausgebrochene Stellen sehen sich hübsch alt an; dergleichen soll dem Baron gefallen, der viel auf solch alte Scherben halte. Frau Doktor sagts. Na, es gibt seltsame Brüder. Habe das Stück durch Frau Wey ins Schloß gesandt und bin nun des Weiteren gewärtig...

Was dieser Michel Orion verdienen mag! Die »Fliegenden Blätter« bringen wieder eine ganze Menge Gedankensplitter von ihm; lauter Weihnachtsgedanken; ihrer zwanzig, wo nicht mehr, auf ein Mal. Drei Mark bekommt er fürs Stück; für längere sogar fünf. Ist freilich eine besonders begnadete Begabung, so was. Wollte, ich verstünde es auch; würde den ganzen Tag nichts tun als Gedanken splittern. Den Rest der Truhen abgeliefert, ebenso die letzten Töpfe für Frau Sanfthobel. So kommen sie noch ins Weihnachtsgeschäft, was die Absicht war. Legte für alle Fälle die Rechnung bei, da ich ahnte, die Herrschaft werde in dieser Trubelzeit nicht zu sprechen sein. Zahlung vermutlich morgen. Der junge Baron schickte fünfunddreißig Mark – ist sehr zufrieden; fünf Fünferscheine, den Rest in Gold. Habe kaum fünfundzwanzig erwartet. Erlaubte mir darum im »Engel« ein Glas Glühwein, da ich immer noch erkältet bin, sah die »Gartenlaube« durch und freute mich den ganzen Abend des schönen Geldes.

Ob ich bei Doktors was schenken werde? Und was schenkt man Damen? Alles Nötige haben die Leute ja! Bin übrigens morgen zum letztenmal vor Weihnachten dort.

Frau Sanfthobel schickte das Geld – 43 Mark fünfundsiebzig – und legte einen Taler als Weihnachtsgeschenk bei; Sanfthobel nur das Guthaben für zweiundfünfzig Truhen – 78 Mark – und gute Wünsche für die Feiertage. Im ganzen hundertvierundzwanzig Mark fünfundsiebzig, was morgen gleich zur Kasse muß. Kallenberg zahlt erst zu Neujahr.

Bastelte nachmittags ein bißchen beim Töpfer herum und räumte für die Feiertage auf; denn der Alte läßt alles liegen, wo ers hinwirft. Seine Frau schenkte mir ein Fläschchen Zwetschgenwasser (selbstgebranntes). Sie fand, es schmecke mir, und so was rührt die gute Frau immer. Abends ging ich zu Zintha.

Frau Doktor gab nämlich einen kleinen Sonnwend-schmaus (Gott sei Dank, nun wächst der Tag wieder!): Tee, Schinken mit Ei, Zwieback und Stachelbeermus. Zum Schluß einen feinen Nußschnaps. So was wärmt; und es war sehr unterhaltend. Frau Doktor kam auf ihr Leben zu sprechen; solche Erinnerungen höre ich gerne. (Das Mißliche ist immer schon überstanden!) Sie war lange Jahre Erzieherin in vornehmen Häusern, zuletzt bei den drei langstieligen Baronessen Ebenthal. Heira-tete mit sechzig Jahren einen Doktor Siebenziel, einen Fünfundsechziger; redet gern und mit dankbarem Sinn von ihrem Seligen, der ihr eine schöne Rente hinterließ. (Soll kaum die Hälfte davon brauchen und manches für Zintha abfallen lassen, damit sie einst heiraten kann; Frau Wey sagte es neulich). Was Luise einst mitkriegen mag? Vermutlich das kleine Haus mit dem Gärtchen? Man müßte eben was Sicheres wissen. Sie ist jetzt sieben-undzwanzig; Zintha fünfundzwanzig; wie sie sagt. Beide häuslich und sparsam, wie sichs für ordentliche Mädchen gehört. In der Frühe kam der Aktuar noch – da er dienst-frei war – und machte den zweiten Trompeterteller fer-tig; brachte ihn noch in die Muffel, so daß er ihn zur Be-scherung rechtzeitig abholen kann. Ist ein entzückendes Stück geworden, besonders die Margarete mit ihrem Herzkirschenmündchen; ich habe da allerdings etwas nachgeholfen.

Zu Mödlinger gehe ich nicht. Hatte mich für heute abend in den »Engel« geladen, wo er mit Storzel wäre. Werde mich hüten! Jetzt aber in die Federn; ich schreibe schon mit klammen Fingern und kriege jetzt auch kalte Füße.

Ein flauer Tag. Ein schäbiger Rest von Tassen für Kal-lenberg! Schon um halb zehn Uhr aufgearbeitet. Pinselte dann noch einige Hexensteine hin, ging zu Wurmsam, der mir noch zehn Stück verkauft hatte und sieben Mark fünfzig ablieferte. Ist nicht ganz zufrieden mit den heurigen Fremden; er hätte sich mehr versprochen, sagte er; es seien zu wenig Sachsen gekommen, die sonst so kleine Andenken gerne kauften; die gingen jetzt mehr nach Tirol. Und so weiter. Nachmittags räumte ich sorgfältig die Muffel ein und brannte die Ware abends. Gegen elf Uhr kam der junge Kallenberg noch und brachte mir eine Flasche Bier und etwas Wurst; und nötigte mir sechs Zigarren auf. Woran ich sah, daß er bedeutend angeheitert war.

Mag ja gut gemeint sein; aber was fang ich mit dem Etui an? Der Aktuar glaubt wohl, ich rauche so viel? Kaufe ja doch nie Zigarren! Und als Brieftasche kann ichs auch nicht verwenden. Werde mal im Turnverein herumfragen; da gibts Liebhaber, und die paar Groschen nützen mir mehr...

Wollte Mödlinger aufsuchen (wegen der sechsundsiebzig Pfennig, die ich immer noch nicht habe!), besann mich aber anders, da ich Storzel dort vermutete, mit dem ich nichts zu schaffen haben will. Sah sie dann auch abends herumstreunen, als ich vom Kreisschreiber kam, der mich zum Abendbrot mitgenommen hatte. Steuerten beide auf mich los; drückte mich aber, indem ich rasch in Wurmsams Türe trat, worauf sie sich verzogen. Auf dem Heimweg begegnete mir Hackel noch; ließ mich indes nicht verleiten; denn ich wollte zeitig in die Klappe.

Heute mal wieder Mödlinger getroffen. Er gab mir einige Nummern einer Zeitschrift mit, den »Kunstwart« nämlich, worin er seine Salome mit dem Haupt des Johannes veröffentlichen will, die jetzt endgültig fertig ist; er hat sie noch etwas umgearbeitet. (Gefiel mir aber früher besser!) Ich schnupperte ein bißchen in den Heften herum, werde mich aber kaum mit dem Blatt befreunden können, das zur Sezession hält und überhaupt über die Stränge zu schlagen scheint. Einige Weihnachtsbilder darin sind immerhin entzückend.

Bescherungsabend. Ging gegen drei Uhr von Hause weg, ein bißchen dem See entlang (bis zum Wörnbrunner Schlößchen), wo ich eine Tasse Kaffee nahm und zusah, wie sie den Weihnachtsbaum für die Kinder schmückten (viel Flitter und kostspieliger Tand, der nichts taugt). Wanderte dann über Kirchbühl zurück und in weitem Bogen aufs Städtchen zu, unschlüssig, ob ich nicht bei Luise einkehren solle. Liebe aber die Bescherungsgeschichten nicht. In den Straßen jagten sich die Käufer mit Paketen und Geschenken; vornehme Leute luden ganze Droschken voll; z. B. der Baron. Was zuviel ist, ist zuviel. Da es zu schneien begann und ich feuchte Füße bekam, ging ich in den »Goldenen Engel«, wo es hübsch mollig war, und ließ mirs was kosten. Wollte anfangs Rostbraten mit Büchsenbohnen essen; hätte aber für meinen Hunger zu lange gedauert; so bestellte ich zwei Paar Wiener Würstchen mit Kraut, trank zwei Gläschen Bier dazu und las die »Gartenlaube« und die »Fliegenden Blätter«. Um halb zehn Uhr fielen mir die Augen zu. So brach ich auf und freue mich jetzt köstlich auf mein Bett...

Zwei junge Damen hätten mich gestern sprechen wollen, kurz nacheinander, sagte mir die Wirtin. Und hätten mich zur Bescherung gebeten. Ein Glück, daß ich nicht zu Haus war; denn wo hätte ich nun hin müssen? Fühlte mich ja auch wie ein seliger König im »Goldenen Engel«! Schlief heute bis um acht Uhr, heizte dann ein bißchen ein und legte mich wieder ins warme Bett; überrechnete meinen Verdienst und besserte die Sonntagshose aus, die unten schlimm zerstoßen war; da rauschte Luise herein, die etwas ungnädig war, weil ich nicht zur Bescherung gekommen sei. Legte mir dann ein Geschenk auf den Tisch: ein Roßhaarpolster für meinen harten Stuhl. Das schone die Hosen. »Genug für heute!« steht darauf. Sie nahm mir schließlich die Näherei weg. Das komme ihr zu! sagte sie und packte die Hose ein. Und für morgen sei ich unter allen Umständen zu Mittag geladen. Zum Glück brachte sie mir nachmittags die Buxe wieder; denn die andre sieht womöglich noch schlimmer aus.

Bei Luise Mittagbrot genommen, den Nachmittag verplaudert und Kaffee getrunken. (Mit Weihnachtskuchen und allerlei Süßigkeiten.) Fühlte mich göttlich behaglich, da es draußen schneidend kalt war und ein knirschender Schnee lag. Man möchte bei solchem Frost ans Heiraten denken, wenn die Geschichte nicht so kostspielig wäre. Abends bei Zintha. Auch hier gabs Vorwürfe; war aber bald alles wieder im Gleis. Frau Doktor schenkte mir eine Flasche altes Kirschwasser (von ihrem seligen Mann her, sagte sie) und Schwarzwälder Speck und gedörrtes Obst (zum Knabbern bei der Arbeit); Zintha ein Paar halbhohe Filzstiefel (damit ich beim Töpfer nicht kalt kriege) und Pulswärmer. (Haben mir längst gefehlt!) Frauen denken immer an Behaglichkeit; darin sehen sie das Glück des Mannes. Bin zwar auch für Bequemlichkeit; muß sie denn aber immer eine Stange Geld kosten?

Schrecklich, diese flaue Zeit! Nichts zu arbeiten! Ist freilich nach Weihnachten immer so; man muß sich mit dem Naturgesetz trösten, wo doch keiner gegen ankann. Begreiflich; die Leute haben sich armgekauft auf die Feiertage hin; ist aber doch kein Grund, einem keine Aufträge zu schicken! Sanfthobel sagte mir auf meine Bitte, ich möge in Gottes Namen Truhen auf Vorrat arbeiten;

aber vorerst höchstens zehn die Woche; macht monatlich sechzig Mark; auch seine Frau hat nichts dagegen; aber der Töpfer arbeitet jetzt ja kaum den Vormittag über; hat immer einen halben Festtagsrausch, wie wenn er durchaus am Suff zugrunde gehen wollte. Kallenberg wagt gar nichts! So'n Krämer! Und hat so'n gutes Geschäft! Male drum meist Hexensteine (auf Vorrat; nur um die Zeit herumzukriegen!); das sind aber vollends Wechsel auf eine ungewisse Zukunft.

Im Turnverein war bereits die Rede vom Turnerball. Überlege mirs, ob ich hingehe; was taugt so'n Ball? Kostet eine Menge Geld, und man hat im besten Fall einen dummen Kopf davon und kann nicht arbeiten, wie sichs gehörte.

Heute mit dem Töpfer tüchtig gearbeitet (scheint das Trinken endlich sattzuhaben!); abends bei Frau Doktor Schlußbesuch gemacht, da doch das Jahr zu Ende geht und ich den Sylvesterabend bei Luise verbringen sollte. (Werde es aber kaum tun; bin an solch wichtigen Lebensabschnitten gerne für mich allein, um das vergangene Jahr zu betrachten und gute Vorsätze zu fassen.) Nahm dort Abendbrot: gefüllten Pfannkuchen und Tee. »Oder hätten Sie lieber Rostbraten gehabt?« fragte Frau Doktor; ich aber war zufrieden und ließ mirs schmecken. Ja, wenn man jeden Abend so essen könnte! Zintha war ausnehmend freundlich und ließ meinen Teller nicht leer werden; strich mir auch ein Butterbrot nach dem andern und hieß mich immer wieder zugreifen. Fürchte beinahe, daß sie beide auf eine Heirat abzielen. Ich müsse bald daran denken, mich nach einer Frau umzusehen. Eigner Herd ist Goldes wert, sagte Frau Doktor. Koste Geld, sagte ich. Aber sie ruhten nicht. Ein junger Mann, der, wie ich, sein Auskommen habe, dürfe nicht einspännig bleiben! Frau Doktor werde mal für mich Umschau halten. Wie sollte ich aber jetzt eine Frau ernähren können?

So'n kostspieliges Geschöpf! Schwere Zeiten und schmaler Verdienst! Und ich habe obendrein tausend Mark ausgeliehen, was freilich nimmer geschehen soll, obschon ich Sicherheit habe. Ein bißchen Vermögen müßte so'ne Frau schon haben, meinte ich. Das sei eine Hauptsache. »So?« sagte Frau Doktor schmollend, »Sie sind so einer?« Auch Zintha war verstimmt und räumte vorzeitig ab; selbst den Likör, wovon ich erst ein Gläschen hatte. So hatte ich es freilich nicht gemeint; denn ich kränke grundsätzlich niemand.

Habe das Jahr gut abgeschlossen, nach meiner Gewohnheit und wie sichs für einen ordentlichen Menschen ziemt. Kallenberg zahlte die Rechnung – siebenundfünfzig Mark sechsundsiebzig, wovon ich fünfzig gleich zur Kasse trug, da an Neujahr doch geschlossen ist. Macht so einen Zinstag mehr; Mödlinger hält auch darauf, was ich ganz in der Ordnung finde, während Hackel nie etwas zur Kasse bringt. Dann arbeitete ich bis halb sechs Uhr weiter: zwei Truhen und fünf Hexensteine. (Machte zusammen sechs Mark fünfundsiebzig, wenn sie verkauft wären!) War von Frau Doktor wie von Luise zum Silvester geladen – die Weiber zerreißen einen! – blieb aber zu Hause und aß eine Maggisuppe und einen Schweizerkäse und las im »Wort der Frau« von Heyden, das mir neulich der Aktuar mitgab. Feine Poesie das; nur etwas lange Verse; der »Trompeter von Säckingen« liest sich leichter. Schließlich ging ich noch auf ein Stündchen in den »Engel«; die Blätter bringen hübsche Betrachtungen zur Jahreswende und die »Gartenlaube« ein entzückendes Silvesterbild, das ich die Kellnerin bat, mir aufzuheben. Als Hackel kam, blieb ich noch auf ein Gläschen bei ihm; er sprach aber schon durch die Nase, war also angeheitert. So empfahl ich mich bald, so sehr er mich zu bleiben bat. Wollte das neue Jahr nämlich nüchtern beginnen.

Neujahr! Da aber nicht Sonntag ist, arbeitete ich vormittags, indem ich eine ganze Anzahl Hexensteine schablonierte und einige davon gleich bemalte; nachmittags besserte ich die Werktagshose aus, sah mein Arbeitsbüchlein durch und legte mir dann meine Grundsätze und die Zukunft zurecht. Denn was ist der Mensch ohne gute Vorsätze? (Hackel z. B. hat keine; sah ihn früh um zehn Uhr erst heimgehen, natürlich betrunken; fürchte nur, er bringt sich so noch um seine Stellung; derart kanns ja nicht weitergehen! Er dauert einen; ist nämlich eine seelengute Haut, die ab und zu mal einen Groschen springen läßt; denkt aber, wie gesagt, nicht an die Zukunft; und das sollen wir doch! Wie kann man nur vorsätzlich das neue Jahr mit einem Rausch anfangen? Oder doch mit einem schweren Kopf?)

Sah dann mein Sparbüchlein durch. Hübsche Posten, besonders seit ich für Sanfthobels arbeite. Gott! wenn die nicht wären! Durchschnittlich vier Mark siebzig täglich. Im ganzen habe ich nun doch schon zweitausend dreihundert siebzig Mark angelegt (seit ich aus der Lehre bin!); tausend hat allerdings der Kreisschreiber; aber die verzinsen sich gut. So legt man was zurück; denn ein ordentlicher Mensch denkt zeitig ans Alter. Muß nun bloß zusehen, wie ich noch sorgsamer spare und lohnende Aufträge kriege; die arbeiten sich im Handumdrehen und tragen was ein…

Ich hätte es nicht tun dürfen. Es war zu kühn! Und ich weiß nicht, was sie darüber denken mag; aber die Leidenschaft ist oft stärker als wir, und darum sollte man sich um so mehr zusammennehmen. Hoffentlich erfährts Frau Doktor nicht! Als es gestern dunkelte und mein Zimmer kalt wurde, ging ich etwas spazieren und kam unverhofft nach Hildesweilen, wo ich doch Glück wünschen mußte. (Zu Neujahr nämlich, obwohl es ja keinen

Wert hat! Aber es freute Frau Doktor.) Nahm dann auch Abendbrot dort; hatte nämlich zu Mittag nur einen Happen Schwarzbrot und etwas Dörrobst gegessen. Als ich heimging und Zintha mich die Treppe hinabbegleitete, faßte ich mir ein Herz und küßte sie, da sie sich mit der Lampe in der Hand nicht wehren konnte. Sie zeigte sich etwas schämig, aber in guten Züchten. Fürchte nur, sie könnte die Geschichte etwas zu tief nehmen; so'n armes Ding bildet sich gleich alle goldenen Himmel ein. Und daran ist vorerst nicht zu denken!

Ein Glück, daß ich gestern abend fort war. Storzel war nämlich da und hinterließ ein Kärtchen, daß er mich in dringenden Geschäften sprechen wollte. Dachte erst an lohnende Aufträge; nun sagte mir aber Mödlinger, es handle sich um ein Unternehmen, wozu ich vorzüglich taugen würde, aber einiges Geld beisteuern müßte. »Und die Sicherheit?« fragte ich ihn. »Das persönliche Vertrauen«, meinte er. Danke für Vertrauen! denn die sechsundsiebzig Pfennig habe ich auch noch immer nicht.

Mit Aufträgen hübsch versehen; auch Kallenberg regt sich wieder: neues Tischgeschirr für den »Goldenen Engel«. Vorerst 200 Teller, 20 Suppenschüsseln, 10 Fischplatten, 25 Tee- und 25 Kaffeegedecke und anderes Gute mehr. Und Truhen und Töpfe für Sanfthobels. Es ist eine Lust zu leben!

Da höre einer: Mödlinger will als Kunstmaler angeredet sein, nicht als Maler: er sei kein Stubenmaler und kein Lackierer, sagte er heute. Und auf Porzellan oder Tontöpfe malen ist das keine Kunst? Da hätte er mal meine Bonner Kameraden hören sollen: den kleinen Stieve oder den tollen Wollenweber, die deshalb mal so'n windiges Düsseldorfer Künstlerchen windelweich behandelten! Aber man muß den Menschen ihre Eitelkeit lassen (sagte Wollenweber allemal); sonst seien sie gleich gar nichts mehr wert.

Sehe jetzt fast täglich ein schönes Mädchen in der Nachbarschaft; lustige schwarze Augen, runde rote Wangen, ein Hälschen wie von Porzellan und ein entzückendes Mündchen; Kiesel malts nicht hübscher! Soll die Tochter des Friseurs Wolkenstieg sein, der kürzlich in die Nachbarschaft zog. Scheint mich auch schon zu kennen; lächelte mir heute nämlich zum Küssen lieb zu. Fasse mir vielleicht mal das Herz, sie anzusprechen, obschon ich sonst nicht zudringlich bin.

Luise spricht bereits vom Turnerball. Ich wich aber aus. Überlege mirs, ob ich hingehe; gibt immer eine kostspielige Sache, und man hat nichts davon. Müßte ihr freilich den kleinen Gefallen erweisen; denn sie ist eine gute Seele und hat mir schon manches zugehamstert. Aber wenn Zintha dann auch noch käme?...

Wollte zu Luise, traf aber unterwegs Mödlinger, der mich mit sich heimnahm. Hat wieder einigemal sich selber gemalt, (nicht gut, wie mir dünkt; nur so frech hingeschmiert, das sei aber modern, sagt er). Was er bloß damit will? Das kauft doch niemand! Dagegen hat er ein hübsches Mädchenbild dort; eine Posamenterstochter, die er vielleicht mal heiraten werde, sagt er. Das ist mit Liebe gemalt; einfach reizend! Ich riet ihm, es in der »Gartenlaube« zu bringen; die soll ja gut zahlen. Er will es aber dem »Kunstwart« geben.

Er begleitete mich dann ein Stück Weges und lud mich zu einem Glas Biere ein. Wobei ich ihn an die sechsundsiebzig Pfennig erinnerte, indem ich vorgab, kein Geld mitzuhaben. Einmal mußte es geschehen; hoffentlich nahm er mirs nicht krumm. So zahlte er denn meine Zeche – siebenundzwanzig Pfennig – und gab mir noch einen Fünfziger. Der eine Pfennig sei Zins, sagte er.

Das wäre schlimm für mich! Dachte mir aber gleich, daß nichts Gutes hinter diesem Kunden stecke! Er soll ein Unternehmen planen (Storzel nämlich), das in mein Fach schlüge, sagt mir Mödlinger. Täte ich mit, so hätte ich teil am Gewinn; wo nicht, so mache ers trotzdem. Also mir zu Leid und Nachteil! Kleine Truhen (ähnlich wie Sanfthobels), bemalte Spanschachteln und dergleichen mehr: alles für die Schweiz, besonders fürs Berner Oberland, wovon er sich eine Goldgrube verspreche. Was wird Sanfthobel sagen? Aber der Mensch scheint ein tollkühner Draufgänger zu sein, der auf niemand Rücksicht nimmt. Ob ich die Geschichte Sanfthobel hintertrage? Um vorzubeugen? Die Sache wird brenzlig und beunruhigt mich…

Wollte mir heute bei Wolkenstieg das Haar scheren lassen. Man muß in gewissen Fällen leben und leben lassen, das heißt: den Leuten was zu verdienen geben. Soll aber dort einen Groschen teurer sein als anderswo, sagte mir Hackel; es verkehre eben nur vornehme Kundschaft dort. Aber das Fräulein gefällt mir, und ich wagte vielleicht, sie zu heiraten; denn die Liebe ist eine Leidenschaft und macht einem Mut, auch wo man sonst vorsichtiger wäre. Sie scheint auch ziemlich was erspart zu haben.

Sprach, als ich heute vom Töpfer kam, noch einmal mit Mödlinger. Wegen der Storzelgeschichte. Wollte anfangs die Sache Sanfthobel hinterbringen, hielt es aber für klüger, zu schweigen, für den Fall, daß mans geheim betriebe, denn daß ich mittäte, dürfte er nie innewerden. Brächte mich ja sofort ums Brot! Storzel soll sich wirklich nach Geld umtun, damit er dies Frühjahr mit Ware losziehen könne. Setzt mir also die Pistole auf die Brust.

Zweihundert Mark brauche er. Zweihundert Mark sind kein Pappenstiel; wer gibt ihm die ohne Sicherheit?

Luise läßt nicht locker, ich muß mit ihr zum Turnerball; da gibts kein Auskneifen, weil sie mirs sonst übel vermerkte. Muß nun bloß Zintha fernzuhalten suchen; denn die beiden dürfen sich nicht begegnen. Über vierzehn Tagen findet die Geschichte statt; werde mich bis dahin aufs allernötigste einschränken, um einige Mark dafür zurückzulegen; denn eine Stange Geld geht leider flöten; das ist die Torheit dabei.

Ich habs heraus! Sie ist jeden Morgen in der Nervenheilanstalt, wo sie die Damen frisieren muß. Soll sehr geschickt sein und ein schönes Geld machen (auch hübsch Trinkgelder), manchmal zehn, zwölf Mark den Tag. Macht über dreitausend jährlich. Muß was dran sein, denn sie hat sich ein Rad gekauft. (Sollte freilich nicht radeln; schickt sich nicht für ein Mädchen! Und so'n Ding kostet Geld; seine zweihundert bis zweihundertfünfzig Mark immer.) Man könnte da wohl ans Heiraten denken, wenn beide Teile so hübsch verdienten…

Sanfthobels luden mich heute zum Tee ein (kam bisher nie vor!) und rechneten zugleich mit mir ab. So verbindet man das Nützliche mit dem Angenehmen. Tischten ordentlich auf, was sie wirklich zu verstehen scheint, die gute Frau Sabine. War überhaupt alles sauber und fein, besonders das Gedeck; zum Teil eignes Erzeugnis. Das Mädchen bediente in weißen Handschuhen. Natürlich kennt sich unsereins, der aus armen Weberkreisen stammt, in solch feinen Verhältnissen nicht immer recht aus; z. B. reichte mir mal Frau Sanfthobel etwas auffällig die Zukkerzange, als ich so mit den Fingern in der Dose herumfischte. Dergleichen muß man eben mit in den Kauf nehmen.

Die ganze Sache war sehr unterhaltend. Sie erzählte viel von München und ihrer Künstlerzeit, und wenn sie dabei nicht ein bißchen aufschnitt, muß sie eine recht wilde Maldame in ihren jüngeren Jahren gewesen sein; jetzt ist sie ja gereifter und ruhiger, wie sichs für dieses Alter gehört; mag Mitte vierzig sein, eher gegen die fünfzig hin. Aber das schönste Ding wird eben mal alt. Sanfthobel schwieg so ziemlich; wollte mir dünken, es gefalle ihm nicht alles, was die Frau plauderte; oder war nicht gut gelaunt. Immerhin: Für mich wars lehrreich, zu sehen, wie Künstler sich entwickeln; hoffe, gelegentlich dort mehr dergleichen zu erfahren; denn so was bildet.

Übrigens will sie dort viel Geld gebraucht haben (wie denn die Malerschulen sehr kostspielig seien; Mödlinger sagt das auch; und da sitzt der Haken!). Ihr Mann habe sie gerade noch rechtzeitig gefunden und das Geschäft mit ihr übernommen, sonst säße sie jetzt wohl als alte Jungfer herum und würde Blumen malen, scherzte sie. Hätte ihr nicht zugetraut, daß sie so entzückend sein kann, wenn sie gerade guter Laune ist; allerdings hat sie Grund dazu; sie verkaufen neuerdings ausgiebig und nehmen was ein...

Nun will ers mit Wurmsam beginnen; der sagte mirs, als ich heute einige Dutzend Hexensteine hintrug. Er würde Wurmsam den ganzen Vorrat an Waren, lauter Andenkenzeug, übergeben, und ich käme dabei aufs Trockne zu sitzen. Muß die Sache zu verhindern suchen! Oder schließlich in den sauren Apfel beißen und ihm das Geld leihen und mittun. Ganz geheim natürlich. Das Beste wäre, den Kunden wegzuekeln...

Hätte ich das geahnt! Ich kam in schreckliche Verlegenheit, schon weil ich nicht wußte, ob Zintha nicht am Ende geplauscht hatte (daß ich sie küßte; wie Weiber mal sind!). Suchte mich natürlich herauszureden, wobei mir die tausend Mark sehr zustatten kamen (die ich auslieh; machen mir sonst ab und zu noch Sorgen!). Was denn nun sei zwischen uns beiden? fragte mich Frau Doktor unter vier Augen (ist nämlich erkältet und liegt zu Bett). Zintha habe sichs wohl in den Kopf gesetzt, daß ich es ehrlich mit ihr meine und sie einst heiraten würde. Das Mädchen sei ganz hintenfür! Was begreiflich sei: Denn sie komme mit mir ins Gerede, und ein unbescholtenes Mädchen müsse auf ihren Ruf achten (freilich muß sie das!). Aber schließlich könne sie nichts gegen ihr Herz; sie sei ein junges Wesen, das eben auch seine Sehnsucht habe. So hoffte sie denn, daß ich mich ritterlich zeigen und Zintha einst ehrlich zur Frau nehmen werde; sonst müßten meine Besuche von Stund an aufhören, so sehr sie das persönlich bedauerte…

Beruhigte natürlich die gute Frau; denn ich will ja keinen Streit. Wo führte das hin? Aber ans Heiraten könne ich noch nicht denken, sagte ich: Meine Lage sei noch zu unsicher (ist sie doch: z. B. wenn Sanfthobels ihr Geschäft aufgäben; und nun noch dieser Storzel!). Auch werde das Leben Jahr für Jahr kostspieliger. So hatte sie schließlich ein Einsehen und schickte mich mit guten Ermahnungen vom Krankenlager weg zum Abendbrot, das Zintha eben auftrug. Ich saß auf Kohlen; denn das arme Mädchen war ziemlich einsilbig; doch bedachte sie meinen Teller immer weidlich und wickelte mir zu guter Letzt noch etwas kalten Braten ein. Ging gleichwohl zeitig weg, wobei sie mich bat, sie zum Turnerball mitzunehmen. Da mußte ich flitzen. Jetzt kamen ihr aber die Tränen und: »Sie wollen nur nicht!« sagte sie. In schrecklicher Unruhe ging ich heim. Das hab ich nun davon!

Sagte ichs doch gleich! Ein ganz gefährlicher Bursche! Hackel hat er um fünf Mark angepumpt (Storzel nämlich!); schon das zweite Mal! Und in den Wirtshäusern bleibe er überall die Zeche schuldig. Er habe sein Geld vergessen! sage er nur, und kommt nicht wieder. Ein ordentlicher Mensch vergißt sein Geld nicht! Und pumpt auch nicht. Habe es heute Mödlinger mitgeteilt, der es aber nicht glauben will. Verteidigt ihn noch, den Lump! Und malt ihn sogar! Er scheint den Narren an ihm gefressen zu haben; mag sich vorsehen, daß er ihn nicht wieder hergeben muß.

Gestern bis in die späte Nacht hinein Hexensteine gemalt und sie heute an Wurmsam verkauft, etwas wohlfeiler als sonst, aber gegen bar. Muß das Geld zum Turnerball zusammenkriegen. Denn ein Taler oder zwei werden hübsch draufgehn. Eine unsinnige Hüpferei; muß aber Luise in Gottes Namen was opfern; sie sieht mich sonst für einen Knicker an.

Da haben wirs schon! Er stieg mir heute auf die Bude, spät abends noch, und pumpte mich um zehn Mark an. Er sei in augenblicklicher Verlegenheit, erwarte aber die nächsten Tage einen größeren Posten Geld. Gab ihm natürlich nichts. Soll ich zehn Mark in der Tasche tragen? Gold unter keinen Umständen; das trag ich zur Kasse; denn wie leicht verschleudert man so'n Stück (wie neulich den Nickel)! So sollte ich ihm wenigstens fünf Mark leihen, oder doch einen Taler; er habe morgen ein Paket einzulösen mit Nachnahme; das gehe sonst zurück. Die Pakete kennt man! Ich schickte ihn zu Mödlinger: So'n guter Freund, von Haus aus wohlhabend, werde doch ein paar Taler für ihn übrig haben! Eben mit Mödlinger sei er zu gut befreundet; da dürfe er nichts leihen, sonst ginge die Achtung verloren. (Und bei mir etwa nicht?) Ließ ihn also abziehn. Morgen vielleicht! sagte ich. Werde aber vormittags, wo er kommen wird, beim Töpfer sein. Ich will keine Pumpgeschichten; da sind keine Grundsätze bei!

Befreunde mich allmählich mit dem Gedanken, einst zu heiraten. Wenn die Frau ein bißchen was verdiente, so möchte man wohl was beiseite bringen, daß man auf seine alten Tage zu leben hätte. Man müßte natürlich noch mehr sparen. Aber ob die Kleine beigehen würde? Tat neulich nicht dergleichen, als ich mir bei ihrem Vater das Haar scheren ließ (verlangt wirklich einen Groschen mehr als andre). Kaum daß sie schnippisch grüßte, als ich wegging und sie mein abgeschorenes Haar zusammenkehrte. Genierte sich vielleicht nur in ihrer Ärmelschürze, die ihr übrigens reizend ging. Gebe die Sache noch nicht verloren; so'n Mädchen will oft bloß erobert sein. Zintha dann. Wenn sie einige Tausend hätte, ja! Die Töpferin meint aber, in diesem Punkte scheine es flau zu stehen; doch sei sie tüchtig im Hauswesen und verstehe alles zusammenzuhalten. Wohl wahr! Sitzt aber auch eins mehr am Tisch und ist an gutes Essen von Frau Doktor her gewöhnt! Also Vorsicht, Hänfling! Denn der Wahn ist bekanntlich kurz und die Reue lang! Hingegen soll Luise zweitausend Mark Erspartes haben und ist Vorarbeiterin in der Korsettfabrik, bei gutem Lohn, und hat nebenbei feine Kundschaft, z. B. Mödlingers Schwestern, die Geld ausgeben. Soll auch das Häuschen erben, wenn mal die Alten weg sind. Werde da ab und zu kundschaften; nicht bei ihr selber! So'n Mädchen bildet sich gleich weiß Gott was ein und macht sich himmelhohe Hoffnungen. Zintha hats bewiesen.

Der junge Baron brachte eine alte Fayenceschüssel, die er nachmachen lassen will; italienische Arbeit. Ein Geschenk für seine Schwester, die sich mit dem baumlangen Gardekürassier verlobt hat, der seit einigen Wochen in Hildesweilen herumstorcht. Da kommt ein Geld zusammen! Will das Fayencemalen lernen (Ebenthal nämlich) und zahlt zwei Mark für die Stunde. Ob mir das genügte? fragte er noch. Ließ gleich die Schüssel in der Fabrik abformen und will nun sehen, daß ich ihm die Sache allmählich beibringe; solche Leute muß man sich warm halten; das sind Glücksfälle, und die kommen nicht jeden Tag!

Mein Storzel mag einpacken! Sanfthobel hat von seiner Absicht Wind gekriegt und verbietet Wurmsam, dessen Arbeiten im Hexensaal feilzuhalten. Ginge wohl eigentlich nicht; aber als Stadtrat kann er manches machen. Und das fürchtet Wurmsam, der dort einen einträglichen Posten hat. So kann ich mir ins Fäustchen lachen, und Storzel mag abziehen; denn Sanfthobel grübe ihm das Wasser ab. Muß er gerade mir ins Handwerk pfuschen?...
Die Fayenceschüssel kam gestern aus der Fabrik; ein Wunder, daß sie unterwegs nicht zerbrochen ist, so'n heikles Ding! Der Baron hat sich für übermorgen zur Stunde angemeldet (von halb Eins bis halb Zwei); ich muß also von Hildesweilen über Mittag nach Hause. Werden zusammen die paar Wappen und nackten Nymphen und Schnörkel drauf malen. Habe eine Mark zwanzig für Porto ausgelegt (zweimal ein Wertpaket; d.h. hin und zurück) und zwei Mark fürs Ausformen der Schüssel. Ließ mir auch von der Wirtin einen Polstersessel heraufstellen, räumte das Zimmer ordentlich auf und breitete über meine offen dahängenden Kleider zwei große Bogen neues Packpapier. (Habe nämlich keinen Schrank; so'n Möbel ist schrecklich teuer, und alte taugen nichts, da sind nur Motten und Wanzen drin!) So kann ich mich denn zeigen und hoffe, daß der Baron nichts auszusetzen hat.

Luise war heute da, besserte mir den schwarzen Rock für den Turnerball aus und nahm ihn zum Bügeln mit. Ist mir unter den Armen fast etwas knapp geworden; man wird älter! Habe vielleicht auch etwas Fett angesetzt, seit ich öfter bei Frau Doktor esse. Die Hose ist noch recht gut; glänzt nur hinten etwas, da ich sie in Berlin und Bonn doch manchmal trug; es ließ sich dort kaum anders machen, während man hier gemütlicher und freier lebt. Die Schuhe sind leider ziemlich krumm getreten, auch wohl ein bißchen zu breit (wegen meiner schlimmen Zehe); doch wird mans im Tanztrubel kaum bemerken.

Es war mir sehr peinlich, aber anders ging es eben nicht. Erhielt auch fünf Groschen mehr für die Stunde. Mußte sie nämlich das erste Mal im Schloß erteilen, wo ich nun das Handwerkszeug hinschleppte und natürlich im schwarzen Rock erschien. Die Leute sind aber sehr freundlich und nicht ein bißchen hochmütig; selbst die alte Baronin unterhielt sich sehr nett mit mir; auch die verlobte Baronesse mit ihrem turmhohen Kürassier kam auf einen Sprung zu uns herein. Sie lobten das Schreibzeug und den Sieneser Löwen und benahmen sich überhaupt sehr leutselig gegen mich. Zum Schluß zahlte mir Ebenthal die Stunde – zwei Mark fünfzig, wie gesagt – und meine Auslagen, und zeigte mir dann noch die Sammlungen seines Vaters. Frau Doktor hat recht: Das Schloß ist wirklich ein Museum. Unglaublich, was der alte Baron zusammenstapelt! Und das schöne Geld, das er für die alten Scherben anlegt! Ich gäbe keine drei Groschen dafür.

Der Turnerball liegt mir im Magen. Fürchte immer, Zintha könnte noch kommen; das liefe dann sehr ins Geld. Aber schlimmer wäre die Eifersucht; die Weiber sind nun mal so.

Frau Doktor hat Schnupfen und liegt wieder zu Bett. Gott sei Dank! nun kommt Zintha nicht zum Ball.

Sprach heute rasch dort vor, da ich einige Tage nicht dort gewesen war (was Frau Doktor schließlich übelnehmen könnte). War jedoch alles in Ordnung, und ich mußte zum Abendbrot bleiben. Versprach Zintha statt des Turnerballs einen Maiausflug, wenn wir erst so weit seien, worauf sie sich nun riesig freut. Frau Doktor ließ mir einiges Eßbare einpacken, damit ich auf dem Ball nicht so große Ausgaben hätte; dergleichen Geschichten würden leicht kostspielig, und junge Leute müßten sparen, sagte sie. Ist überhaupt eine gescheite Frau, die das Herz auf dem rechten Fleck hat!

Der Turnerball ist vorbei, Gott sei Dank! und alles gnädig abgelaufen. Sogar ein Gewinn für mich: Neun neue Mitglieder, die der Männerriege beigetreten sind, wollen Stammkrüge haben. War nun doch gut, daß ich mich nicht vorbeidrückte, wie ich eine Zeitlang vorhatte. Man muß nur unter Menschen gehn, so kriegt man immer zu tun und hat zu leben... Eine Hatz wars freilich. Die Tänze zahlte ich (machte eine Mark neunzig Pfennig). Luise ließ nicht einen aus. Wie Weiber mal sind. Als ich dann auch die Zeche begleichen wollte, hatte sie es längst besorgt. Wollte ihrs natürlich zurückzahlen, da sie aber nicht darauf einging, nötigte ich sie schließlich nicht weiter; denn Geldgeschichten sind mir peinlich. Ging zeitig heim (gegen drei Uhr morgens, während die andern weiterzechten; Hackel war wieder schwer betrunken!). Nahm bei Luise noch einen guten Kaffee, der mich völlig wohl und munter machte, so daß ich früh acht Uhr schon wieder in Hildesweilen bei meinen Töpfen saß.

Ein hübsches Abenteuer, (das vielleicht weiter führt)! Traf nämlich mit meiner himmlischen Friseuse zusammen! Bei Mödlinger, der sie malt. Ein Wunderbildchen! Dieser entzückende Mund und diese samtenen Reh-

augen! Da kommt seine Posamenterstochter nicht gegen
auf! Ich war ganz warm und aufgeräumt vor Glück. Und
wurde keck. Was doch so'n weibliches Wesen aus einem
machen kann. Hundert Schmeichelnamen schwebten mir
auf der Zunge, getraute mir aber nicht heraus damit; man
ist so unbeholfen in der Liebe. Hieß sie schließlich eine
Mandelblüte, womit ich vorsorglich nur das Bild meinte!
Dann die dreizehnte Muse, worauf Mödlinger bären-
mäßig lachte und ich die Unglückszahl sogleich zurück-
nahm. Sie nannte mich einen Schmeichelhans und
Schwerenöter, wie ihr noch keiner begegnet sei, blitzte
mich mit ihren Plüschaugen an, und hinaus war sie, wie
ein Lenzwindchen; denn die Sitzung war leider zu Ende.
Mödlinger meinte, da hätte ich Aussichten; er kenne
diese Sorte Weiber, und ich solle zugreifen. Bin auch dieser Meinung. Die Liebe ist wirklich eine selige Sache; ich
werde ein bißchen auf ihren Spuren wandeln.

Storzel war wieder da (obgleich ich ihm neulich nichts
pumpte! will wohl nicht locker lassen!). Er brachte Ent-
würfe für bemalte Spanschachteln und meinte, wenn er
auf Muster reiste, ich aber die Arbeiten ausführte und
etwa zweihundert Mark anlegte, könnte er kommenden
Monat schon Aufträge in Hülle und Fülle bringen. Aus
dem Berner Oberland. Wenn er sich nur nicht täuscht;
die Schweizer sind nüchterne Burschen! (Sanfthobel macht
zwar gute Geschäfte dort; er ist aber eingeführt und hat
Geld!). Etwas müßte man eben auch dranwagen, meinte
Storzel. Warum nur gerade ich? Und will ers mit Sanfthobel aufnehmen? Der dreht ihm im Handumdrehen
den Kragen ab. Warnte ihn ernstlich: Hier sei nichts zu
wollen! So versuche ers mit einem andern, und im Sommer sei die Geschichte in Blüte! sagte er und trottete ab.
   Zweihundert Mark ist ein Wort!!! Aber – mein Fortkommen auch. Muß mal mit Luise darüber reden.

Schrecklich, wenn ein Mensch trinkt! Und im Suff Streit anfängt.

Vom letzten Einsatz mißrieten fünf Töpfe. Das Unglück schneite Frau Sanfthobel herein, als wir eben die Muffel ausräumten. Wie eine weidwunde Walküre fuhrwerkte sie in der Werkstätte umher und hauchte und fauchte auch mich an. Der Töpfer aber (natürlich wieder betrunken!) muckte auf, obschon ich ihm hinterrücks einige Püffe gab, daß er ruhig wäre; denn was nützt das Streiten bloß? Sie herrschte ihn an: Die Töpfe würden nicht bezahlt. Oder sie entzöge ihm gar die Arbeit; denn Lotterwirtschaft könne sie keine einreißen lassen. Und schoß wie eine wilde Hornis zur Tür hinaus. Zu ihrem Glück; denn der betrunkene Alte hätte sie im Zorn noch bei den Haaren gekriegt; er wetterte wie ein Toller noch eine halbe Stunde in der Bude herum: Er werde ihr die Werkstätte verbieten und kein Stück des verrückten Zeugs mehr machen. Trank auch alle Augenblicke in den Zorn hinein und wollte ihr ungesäumt die Arbeit kündigen, was ich nur mit Mühe verhinderte. Sich so das Geschäft verderben! Wegen Kleinigkeiten! Man muß was schlukken können; sonst ist man kein Mensch…! Hätte nachmittags gern fortgearbeitet, aber der Alte war so betrunken, daß er alle Töpfe schief aufdrehte, so daß sie herumstanden, wie der schiefe Turm da drunten wo bei Pisa. Als ich ihm das sagte, hieb er sie alle wieder zusammen, warf die Tür hinter sich zu und legte sich schlafen. So trottete ich unverrichteter Dinge heim und setzte mich hinter die neuen Stammkrüge; möchte sie mir vom Halse schaffen, damit es Geld gibt.

Ebenthal war heute zum Unterricht da. Brauche nun nimmer ins Schloß zu gehn; kriege so freilich nur zwei Mark für die Stunde, statt zwei eine halbe, wie neulich. (Für fünf Groschen könnte ich schließlich die Schüchternheit überwinden!) Der junge Herr begreift die Geschichte rasch, arbeitet aber ohne Übereilung, wie es solche vornehmen Leute gewöhnt sind; werde ihn also wohl einige Zeit als Schüler haben. Halte nämlich auf peinliche Arbeit, damit die Sache sich sehen lassen kann; da er aber sehr selbständig vorgeht, habe ich nur selten nachzuschauen und kann nebenbei an meinen Truhen arbeiten. Er gab mir zwei Groschen Trinkgeld zu meinem Lohn hin; ich hätte wohl Durst bekommen, meinte er. Will nun jeden zweiten Tag kommen. Macht wieder zwei Taler die Woche.

Ich gelte ihr doch wohl was? Sie ließ mich durch Mödlinger freundlich grüßen, worauf ich sie gestern abend im Pappelgang am See ansprach, als sie von der Nervenanstalt kam. War bisher nur zu schüchtern gewesen; aber in solchen Fällen sollen einen ja die verliebten Weiber ermutigen, sagt mir Mödlinger; sie seien närrischer als unsereins. Mag sein: Zintha und Luise! Aber Hulda Wolkenstieg – der, an jedem Schuhband sechs Verehrer hängen…? Sie mache jetzt fast jeden Abend diesen Weg zwischen fünf und sechs, sagte sie; sollte das ein Wink sein? Werde nun, wie zufällig, öfter den Weg gehn; möglich, daß das Schicksal was anbändelt; ist bloß etwas früh um diese Stunde; man müßte da eigentlich noch bei der Arbeit sein.

So was von einem Narren! Ist wohl toll, mein guter Töpfer! Will sein Geschäft verkaufen und bietet es mir an, damit er für Frau Sanfthobel nimmer zu arbeiten brauche. So'n Eigensinn! Ich hatte vor, ihr die Geschichte mitzuteilen, fürchtete dann aber, sie könnte den Tollhäusler beim Wort nehmen und ihre Arbeiten in Thüringen oder im Schwarzwald machen lassen, wobei ich dann auf dem Trocknen säße und der Alte seine Bude schließen könnte. Er streikte auch heute wieder und trank herum. Aber das muß in Frieden geschlichtet werden;

deshalb darf die Weltgeschichte nicht stillstehn. Leidenschaft und Ehrgefühl – meinetwegen! aber mit Maß und Ziel; die Arbeit darf nicht drunter leiden!

Zwei-, dreitausend Mark Anzahlung – und das Töpfergeschäft sei mein; Haus samt Kundschaft! Und es sei eine wahre Goldgrube, wenn man es richtig ausbeute. So könne man Sanfthobels das Heft aus den Händen winden, die sonst doch keinen anderen aufkommen ließen! Brav gesprochen, Herr Storzel; aber immer mein Geld! Und wer sagt ihm, daß ich soviel am Zins habe?
    Aber etwas muß geschehen; denn ich darf mir Sanfthobels nicht verscherzen!

Die Stammkrüge der Turnbrüder abgeliefert; auch eine Menge Hexensteine an Wurmsam, um für die Fremdenzeit gerüstet zu sein. Gäbe sie gern einen Groschen billiger, wenn er sie gegen Kaffee kaufte; bar Geld ist doch immer was andres als die schönste Hoffnung. Aber den Leuten fehlen die großen Gesichtspunkte.

Huldchen war wieder dort. Sie ging immer auf und ab, da wir uns nicht getrauten, einander anzusprechen; denn unfern von uns drückte sich immer so'n Bursche herum, als beobachtete er uns. Er schien mir an Gang und Gestalt nicht unbekannt; konnte ihn aber leider nicht erkennen, da ich meine Brille nicht mithatte. So kreisten wir wohl drei Viertelstunden vergeblich; schließlich reute mich die verlorene Zeit, da ich noch etwas Arbeit für Kallenberg zu Hause hatte und das Mädchen auch nicht in der Leute Mund bringen wollte. Hätte vielleicht besser getan, sie entschlossen anzureden; man hat ja sein gutes Gewissen und darf sich sehen lassen.

Ja, wenn Sanfthobel nichts erführe! Heißt aber mit dem Feuer gespielt; denn – ob alle reinen Mund hielten – ?

Storzel z. B.? Und jetzt auch noch Luise? Ich sprach nämlich mit ihr darüber, schon allein wegen des Töpferstreiks; denn der verrückte Alte hat auch gestern wieder nicht gearbeitet. Sie meinte, ich solle keck zugreifen bei Storzel. Oder die Töpferei kaufen und für Sanfthobels weiterarbeiten. Sie gäbe einen Teil ihres Ersparten dazu: hundert Mark für Storzel; sieben-, auch achthundert für die Töpferei. Recht hübsch, solcher Opfermut: aber zu gefährlich; denn einzustehn hätte immer ich; nur ich…!

Schwager Degen sei wieder krank (vom Suff natürlich!) schreibt mir die Schwester. Ob ich nicht mit einigen Talern einspringen könnte? Soll wohl heißen: mit einem Goldstück! Das reine Kesseltreiben! Will mich denn alles zu Tode hetzen?

Es stehe gar nichts auf dem Spiel (mit Storzel nämlich) sagte mir Mödlinger; eher sei viel zu gewinnen. Der Mensch habe Geschäftsgeist. Auch Luise, die ihren Hundertmarkschein gleich zur Hand hatte, redete mir wieder zu. Weil nämlich der Töpfer noch immer nicht arbeite und darüber eine Menge Zeit verloren gehe. Hackel dagegen warnte mich; Storzel habe ihn nämlich schon wieder um fünf Mark angepumpt. So wirft mich mein Schicksal wie einen Fangball hin und her. Werde der Geschichte nun aber ein Ende machen, so oder so!

Abgelehnt! Kurz entschlossen und endgültig! »Hänfling ist kein Bankhaus!« sagte ich. Er hatte den fertigen Schuldschein gleich mitgebracht: Hundert Mark, rückzahlbar mit fünf vom Hundert Zins übers Jahr. Es sei ein Gelegenheitskauf: eine gute ältere Maschine, aber für ihn von größtem Nutzen. Und so weiter! Ist zwar ein geschickter und fleißiger Mensch, der gute Otterbart; auch durchaus vertrauenswürdig. Wies ihn gleichwohl ab; kann mich nicht so von allen Seiten zwicken lassen!

Meiner Schwester zwanzig Mark gesandt, aber erst auf ihr Versprechen hin, sie mir über zwei Monaten zurückzugeben.

Sie habe etwa dreitausend Mark auf der Kasse (ein Turnbruder sagte mirs, der auf der Bank ist.) Und soll an die zweitausendfünfhundert Mark Einkommen versteuern. Und Neigung wäre ja auch vorhanden; wenigstens meinerseits. Ein kühner Schritt – und alles wäre vielleicht getan; das soll Eindruck machen auf die Weiber! Muß der Sache etwas mehr Zeit widmen; der Erfolg lohnte es ja!

Ich hätte es nicht tun dürfen! Aber nun sind die Würfel gefallen, und wer A sagt, muß auch B sagen.

Ich hieß ihn sogleich eine größere Zahl Schachteln bestellen, damit Schneid in die Sache kommt und ich bald mit den Mustern beginnen kann. Lasse sie bei Luise abliefern, damit Sanfthobel nichts wittert, und werde alles von dortaus verschicken. Denn sie hat hundert Mark beigesteuert, wofür ich ihr allerdings einen Schuldschein gab; in Geldsachen will ich Klarheit, ob für, ob wider! Storzel mußte natürlich auch einen Schein ausstellen, worauf ich ihm das Geld übergab: einen Hunderter und fünf Goldstücke. Ging mir hart von der Seele, das schöne Geld; aber es mußte was geschehen; denn der Töpfer kam auch heute nicht zur Arbeit.

Hulda vergeblich erwartet. War Schlag fünf im Pappelgang, ging Schlag sechs wieder weg (die Zeit ist zu kostbar!). Hätte sie wahrscheinlich heute angeredet und mal was von Liebe und Neigung durchblicken lassen. Man muß das Wild herankriegen, wenn man zum Schuß kommen will.

Setzte heute dem alten Süffel die Pistole auf die Brust: Entweder arbeite er wieder, oder ich riete Frau Sanfthobel, die Töpfe in Hinterskirchen machen zu lassen! Da wurde er plötzlich nüchtern (war nämlich bloß die ganze Zeit betrunken gewesen!): Ja, was ist denn los, Herr Hänfling? Ist ja alles in Ordnung; nur ein bißchen Blauen gemacht. Und so weiter. Man muß bloß entschlossen auftreten! Arbeitete nachmittags mit ihm wie rasend; in einigen Tagen ist das Versäumte nachgeholt; dann ist alles gut! – Ging abends (statt zu Zintha) bei Luise vorbei, wo die Spanschachteln schon eingetroffen waren: hundert Stück, schöne Ware. Pauste, da ich den Entwurf mithatte, eine ganze Anzahl sofort auf, lauter Edelweiß mit dem Wappenkreuz (wie es die Schweizer lieben!) Über kurzem muß Storzel mit der Ware losziehn, damit wir Aufträge für den Sommer kriegen. Wenn nur erst die zweihundert Mark wieder herein sind (und einiges drüber!), damit ich meine Seelenruhe wieder habe. Mit dem Töpfer ist alles im Blei. Ich atme ordentlich auf.

Das Aktuarchen wolle sich bald verloben, sagte er mir. Aber nicht mit seiner ersten Liebe; die habe nämlich kein Geld! (Dann mag ers nur lassen; denn die Liebe währet nicht ewiglich, wie der Psalmist meint.) Wems gilt, sagte er nicht; lächelte nur vielsagend. (Da kommt er vielleicht wieder, Zierteller malen.)

Für Orions Gedankensplitter habe ich einen Buchtitel zu zeichnen, da Mödlinger den Auftrag abgelehnt hat. Es sollen nämlich, sagt er, nur zwanzig Mark dabei herausspringen. (Darüber läßt sich reden!) »Gedankengarbe« soll das Büchlein heißen. Werde nun eine Garbe zeichnen, mit zwei Engelchen, die ich von einem Bilde Paul Thumanns abpause; darüber eine Kornblume, untenhin drei Vergißmeinnichtchen und das Sternbild des Orion. Denn der Dichter will ein Sinnbild haben.

Die letzte Turnfahrt nicht mitgemacht; ging zu Luise und malte den ganzen Sonntag Schachteln. Ihrer siebenunddreißig sind jetzt fertig, das Stück zu 2 ½ Franken, macht 74 + 18 ½ = 92 ½ Franken oder 74 Mark. Träfen auf mich schon siebenunddreißig Mark. Die Hälfte trägt die Inschrift: Erinnerung an Meiringen (oder Grindelwald); ich machte auf diese aber zwei Edelweiß weniger drauf, da ich auf Storzels Rat, trotz der Inschrift, den Preis nicht erhöhen sollte. Er drängte einigemal auf rasche Arbeit, scheint also doch Geschäftsgeist zu haben (was ich anfangs bezweifelte). Es sollen später noch solche mit englischer und französischer Inschrift gemacht werden. Meinetwegen mit türkischer, wenn er nur Aufträge genug bringt!

Luise will dieser Tage eine Anzahl Muster zur Bahn bringen; Storzel, der dann mit demselben Zug wegfährt, nimmt sie in Interlaken in Empfang und zieht damit los.

Er stellte schon für die nächsten Tage Geld in Aussicht. Ich riet hinwider ihm, mit den zweihundert Mark sparsam umzugehn, nicht kostspielig zu reisen und möglichst wenig zu trinken (denn das macht ja bloß schläfrig!). Er gab die schönsten Versicherungen.

Mittwochs macht Hulda immer den Weg; sonst weniger regelmäßig – sagte sie mir heute, als sie zu Mödlinger ging. Das war ein Wink! Denn sie erlaubte mir, sie zu begleiten, wenn es mir Spaß mache. Ich versprach ihrs. War natürlich überglücklich; werde sie dort wie zufällig treffen und hoffe diesmal einen Schritt vorwärts zu kommen, etwa bis zu einer verschleierten Liebeserklärung. Man sollte so was zwar nicht überstürzen; es sind immerhin Liebessachen; aber sich auch keinen zuvorkommen lassen.

Ein Glück bei allem Unglück! Als der Baron (der heute zahlte) sich vorm Weggehen noch ein bißchen mit mir unterhielt und dabei an den Tisch lehnte, kriegte er an seinen Überzieher einen Dickölfleck. Wie ich ihn sogleich mit Benzin entfernen will (aber keins dahabe!), sagte er: »Bemühen Sie sich nicht; ich werde ihn reinigen lassen, und wenn er Ihnen paßt, mögen Sie ihn haben.« Im Handumkehren legt er mir ihn um, und der sitzt wie angegossen! Ich wäre beinahe wieder zu bescheiden gewesen, das Geschenk anzunehmen, griff dann aber doch zu, um den Baron nicht zu beleidigen.

Das lob ich mir! Und heißt Wort halten! Storzel schickte sieben Mark (mein Guthaben von sieben Schachteln) und bittet um weitere Muster. Machen wir! Fährt er so fort, so sind in vier Wochen meine zweihundert Mark wieder herein, und das Weitere ist Gewinn. Werde dann Luise sogleich das Ihre zurückgeben, damit kein Zins aufläuft. (Den sie zwar nicht haben will; man soll aber anderseits auch keine Schulden haben und immer zur Kasse tragen können, was einläuft, statt zum Gläubiger!)

Einen neuen Sonntagshut gekauft (für zwei Mark fünfzig); der alte ist etwas unscheinbar, und ich muß doch eine ordentliche Kopfbedeckung haben, wenn ich nächsten Mittwoch Hulda begleiten will. Man muß für seine Liebe was opfern können!

Hatte mir heute einen kleinen Ausflug vorgenommen, mit Luise, weil sie mir immer bei den Schachteln an die Hand geht (sie paust nämlich die Muster auf). So was reißt aber immer schrecklich ins Geld. Arbeitete also für Orion und ging erst abends bei ihr vorbei, worauf wir zusammen etwas frische Luft schöpften und dann Abendbrot aßen (bei ihren Eltern, da Sonntags die Wirtschaften so voll sind). Heimwärts begleitete sie mich, wobei sie ziemlich deutlich wurde. Gab ihr natürlich recht: Der Mann müßte zeitig unterkriechen, sagte ich, aber erst sich eine sichere Stellung schaffen. Daran fehle mirs aber doch nicht, meinte sie darauf; ich aber dachte gerade an Hulda; war zudem sehr müde und wollte mich verabschieden, worauf sie anzüglich wurde: Die Männer wichen immer aus, wenn man ein klares Wort von ihnen wolle – sagte sie; und ein bißchen sei ich auch so einer. Ich kam ins Gähnen und riß mich schließlich los. Und war froh, zu Bett zu kommen.

Mit Orion Pech gehabt! Er lobte zwar meine geistreiche und flinke Arbeit, doch hatte ich statt des Orion den großen Bären aufgezeichnet (was einem schließlich begegnen kann!). Deckte sogleich die Sterne mit Deckweiß zu und malte die richtigen hinein, die er mir auf einer Sternkarte mit roter Tinte angemerkt hatte. Ein Stündchen drauf war die Arbeit abgeliefert, und ich trug meinen Zwanziger weg.

Vierzig Mark sei Ebenthals Überzieher immer noch wert, sagte Gebr. Ettlinger. Bot mir eine neue Hose und einen Lodenüberwurf dafür. Wäre schließlich kein übler Tausch. Und eine hübsche graue Sonntagsbuxe könnte ich wohl brauchen; für den Sommer nämlich. Man sieht da nicht jedes Stäubchen dran.

An Storzel den Rest der Schachteln gesandt, auf seinen dringenden Wunsch. (Hat also wohl die andern verkauft?) Geld schickte er freilich keins mehr, weshalb ich diese Sendung mit Nachnahme versah, im Betrag meines Gewinns, nämlich fünfzig Mark. Muß doch eine gewisse Sicherheit haben, da ich vom andern Posten auch noch dreiundvierzig Mark guthabe.

Ich hätte Wort halten müssen! Gewiß zürnt sie mir jetzt und hält mich für unpünktlich und wortbrüchig. Aber ich verlor völlig den Kopf, als ich mich so zwischen zwei Pflichten hin und her gezerrt sah. Das Versäumen der Übung kostet nämlich jetzt eine Mark, nicht mehr bloß fünfzig Pfennig. Und hernach traf ich Hulda nimmer, obschon ich anderthalb Stunden wartete.

Eben als ich nach den Pappeln abbog, mußte der Hornist blasen! Womit konnte ich mich entschuldigen? Verabredung gilt nicht! Wie ich das erwäge, bläst der Fritze wieder, dann ein drittes, ein viertes Mal, worauf ich nach dem Städtchen zurücklief und die ganze Stunde lang pumpen half, während Hulda vermutlich wartete. Muß sie morgen wo abfangen und mich rechtfertigen; ich hoffe, die Übung entschuldigt mich.

Was diese Schweizer nicht noch alles wollen! Einige möchten das Bild Wilhelm Teils auf den Spanschachteln, andere wenigstens den durchschossenen Apfel und die Armbrust; ohne Preiserhöhung. Ich müßte aber für das Stück mindestens einen halben Franken mehr verlangen. Da sitzt der Haken, werte Eidgenossen! Ebenthal zahlte den Rest des Monats; wollte das Geld mit Sanfthobels neunundsiebzig und Kallenbergs sechsunddreißig Mark siebenundzwanzig zur Kasse bringen, behielt dann aber zehn Mark zurück; möchte einer Krankenkasse beitreten. Eine leidige Ausgabe freilich; aber wer weiß, was einem zustoßen kann, daß man nichts verdient! Und der Mensch ist zum Arbeiten da, nicht um krank zu sein.

Es war unnötig, mich zu mahnen, mal gegen Zintha ritterlich zu sein! (Nämlich sie in den Zirkus zu führen.) Verschnupfte mich ein bißchen, obwohl es Frau Doktor kaum bös gemeint hat. Ich liebe aber Zirkusse nicht; das Zeug regt nur die Leute auf, und es wird zuviel mit dem Leben gespielt. (Der Kunstschütze soll ja haarsträubende

Geschichten liefern!) Werde Zintha aber doch mal hinführen; es gilt dann für den Osterausflug, will sagen: die Maienfahrt, die ich ihr versprochen habe.

Solch eine Torheit! Nichts als unnütze Auslagen! Storzel will die Nachnahme nicht einlösen! Aus Grundsatz – wie er schreibt. Er könne seine allzu schmalen Spesen nicht gleich in solchen Dingen verzetteln. Und Vertrauen gegen Vertrauen! sonst könne kein Geschäft gedeihen! Jawohl: Vertrauen – aber mit Vorsicht! Und zweihundert Mark – allzu schmal! Möchte doch bitten! Er müsse ab und zu, um die Leute zu fangen, mal ein Fläschchen Wein springen lassen. Hoffentlich nicht täglich; denn vorerst ginge es von meinem Geld! Werde diesmal die Nachnahme noch widerrufen, damit er ungehindert mit der Ware losziehn kann; erwarte dann aber bald einen Posten Geld; denn deshalb ist er draußen (nicht zum Kundenschoppentrinken!).

Das gute Kind beunruhigt mich! Komme zu keiner erklecklichen Arbeit mehr, träume ihr immer nach und versäume viel Zeit. Singe heute stundenlang: Du, du liegst mir im Herzen usw. – da sehe ich sie zufällig unten am Haus vorbeigehn. Auf und ihr nach und erreiche sie fast, als sie in der Luthergasse ein Herr anspricht (konnte ihn ohne Brille nicht erkennen!) und mit ihr in Nr. 17 verschwindet. (Wohnt eine Witwe Hakenschmidt dort.) Was hat sie dort zu suchen? Und gar mit einem Herrn?

Hackel schenkte mir seine Zirkuskarte, da er nächsten Freitag nicht abkommen kann. Zintha ist überglücklich, weil ich da mit ihr hingehen will. Kaufe ihr einen Sitzplatz neben mir; zu fünfzig Pfennig, da wir doch anstandshalber beisammensitzen müssen.

Ob ich bei Orion zusage? Ehrt mich zwar; fürchte nur, es wird etwas steif hergehn, und zum Schluß muß man dem Dienstmädchen noch einige Groschen Trinkgeld geben (weils die andern auch tun!). Für zwanzig oder dreißig Pfennig kann ich aber zu Hause essen, gemütlich und ungezwungen (und ohne Wein, wovon einer andern Tags doch bloß Kopfschmerzen hat). Mödlinger wird auch kommen; er möchte dort den jungen Baron kennen lernen; malt eben jetzt den Diener des Schlosses (unentgeltlich!) und hofft, so auch die Herrschaft zu gewinnen. Ich bezweifle aber, daß er über die Dienertreppe ins Schloß kommt.

Was geht mit Hulda vor? Sie war, wie es scheint, gestern wieder bei dieser Hakenschmidt. Sah ihren Schatten auf dem Vorhang schwanken, und einmal huschte es auch wie ein Mannsbild drüber hin. Es ließ mir die ganze Nacht keine Ruhe. Ging mir bis in die Träume nach.

Das war eine tragische Zwickmühle! Noch am Eingang wäre ich umgekehrt, hätte ich geahnt, daß Luise käme! Saß glücklicherweise einige Reihen vor uns, hat uns also wohl kaum gesehen. Blieb aber immer gefährlich. Ich entfernte mich vorzeitig, da mir auch die gräßliche Schießerei zusetzte. Aus dem Spiegel einem Menschen ein Ei vom Kopf zu schießen! Daß die Polizei das duldet! Wartete hernach am Hexenstein auf Zintha, um sie nach Haus zu bringen. Unterwegs war mirs immer, es folge uns im Dunkel eine weibliche Gestalt, bald näher, bald ferner weg. Kann freilich eine Ausgeburt meiner erregten Sinne gewesen sein. Am Dorfeingang – husch! war sie weg. Wie von der Erde verschlungen; ich lief hernach atemlos die obere Straße zurück, um zu sehen, ob Luise vielleicht eben erst heimkomme; es schien aber, daß sies doch nicht gewesen und längst zu Bette war.

Eine Karte von Storzel (endlich!): Er sei im besten Zuge; das Weitere bald mündlich. Schriftlich wäre mirs lieber (durch Postanweisung!).

Das kann so nicht weitergehn! Ich versäume Zeit, und sie macht sich unsichtbar! Wenn das meine Verspätung von neulich verschuldete? Das hieße vergeudete Liebesmühe! Denn, weiß Gott, ich liebe das Mädchen wirklich, und eine gute Partie könnte ich wohl brauchen; Zintha und Luise reichten da aber nicht hin. Ich muß nochmals einen Anlauf nehmen.

Meine saubere Wäsche war alle, und ich mußte mir zum Abend bei Orion einen Gummikragen anschaffen. Wollte nämlich hingehn, da, wie mir Mödlinger sagte, der schwarze Anzug nicht Vorschrift war. Warf mich also in meine Lodenjoppe (die hoch am Kragen schließt und mir so die Krawatte erspart!), schlenderte hin, besann mich aber noch im letzten Augenblick anders und blieb weg. Trieb mich ein Stündchen um sein Haus herum, sah jedoch nur Mödlinger hineingehn; der Baron kam nicht; ich wäre sonst wohl auch noch hinaufgegangen, um Orion nicht vor den Kopf zu stoßen. Wanderte dann bei Hulda vorbei (wo alles schon schlief), zum See hinab und durch den Kurgarten heim.

War wieder bei Wolkenstieg zum Haarschneiden. Auch ein bißchen Huldas wegen, die ich neulich so ungeschickt verfehlte. War eine spannende Sache. Ich spähte immer so unter meinen fallenden Haaren hervor nach der Tür des Nebenräumchens, dem Damensalon, wo sie ihre Kundinnen bedient, und durchlebte bange, erwartungsvolle Minuten; aber der Alte verstand sie zu würzen und bot zu diesem Zweck sein ganzes künstlerisches Wissen auf; denn er ist wirklich kein gewöhnlicher Geist und fühlt sich nicht umsonst in seinem Fach als Künstler. Kam natürlich auch auf Mödlinger zu sprechen, und wir vereinten uns auf die Meinung, daß man gegenwärtig seiner Kunst nicht ganz mit Beifall folgen könne. Da müsse man sich wirklich schon fragen: Wohin treiben wir? sagte Wolkenstieg; indes könne man bereits eine Umkehr begrüßen, da Mödlinger jetzt Hulda male und damit wieder auf den gesunden Boden des Familienblatts trete. Weiter kamen wir auf Huldchen nicht zu sprechen, und das Pförtchen, durch das ich den Engel immer erwartete, tat sich leider nicht auf. Der Mann ist ordentlich stolz auf sein Kind, was ich seinem schwärmerischen Vaterherzen nachfühlen kann. Werde die Sache nun noch einmal versuchen; die Liebe muß einem was wert sein.

Man reißt sich um mich! Triepel, ein Turnbruder, der schwer Geld hat, möchte Weys Töpferei kaufen und mit mir weiter betreiben. Als Steckenpferd! sagte er: Artikel wie Frau Sanfthobels ihre. Mußte natürlich ablehnen. Sanfthobels sind mir gut genug, und ich bin an sie gewöhnt. Und Neuerungen sind immer so'ne Sache.

Storzel schickte zehn Mark – lumpige zehn Mark! – und schreibt, ich solle neue Schachteln bestellen, fertigmachen und unverzüglich schicken; er sitze oben in Grindelwald, habe dort sehr nette Leute gefunden und müsse für den Sommer Ware haben, die Schweiz damit zu überschwemmen. Demnach macht er Geschäfte; ich sehe aber kein Geld! Schreibe ihm nun: Für zweihundert Mark habe er Ware bei sich, ferner zweihundert Mark bar, und welches meine Grundsätze seien; denn ohne Grundsätze drehe die Welt sich nicht! Er möge erst wieder einen größeren Posten Geld schicken, dann lasse sichs weiterreden. (Denn Vorsicht ist die Mutter der Klugheit!)

Zintha möchte meine nächste Lenzfahrt mitmachen, da sie am fraglichen Sonntag frei habe. (Frau Doktor verreist nämlich.) Ein bißchen vergnügungssüchtig, das Mädchen! Erst neulich im Zirkus und jetzt schon wieder!

Sanfthobel bringt einen neuen Artikel heraus: Goldledertapeten mit Gemälden drauf. Nach Kiesel und ähnlichen Meistern. Hübsche Sache; ohne Frage! Wenn er sich nur nicht die Finger dran verbrennt! Denn wer kann sich so was leisten?

Sollten sie was von Triepel wittern? Sanfthobels ließen mich nämlich rufen und legten mir nahe, nur für sie tätig zu sein (in Töpfen und Truhen!). Die Frau führte das Wort und wurde sehr deutlich. Worauf ich mich aber auf die Hinterfüße stellte: Ich hätte keine andere Absicht, als ihre Wünsche zu erfüllen; dafür müßten sie mir aber eine Sicherheit geben; jeden Monat für mindestens fünfzig Mark Arbeit! »Das können Sie schriftlich haben, Herr Hänfling!« sagte die Frau, und Sanfthobel nickte dazu. Wir wurden einig, und mit dem Schriftstück in der Tasche zog ich ab.

Sie bogen aus dem Pappelgang ab, als ich kam, und hatten es plötzlich sehr eilig. (Der Nervenanstalt zu, vermutlich um mir auszuweichen; dort trennten sie sich, und er verschwand.) Sollte er es gewesen sein? Kann es Hulda nicht zutrauen. Denn was ist so'n Aktuar? Ein hungriger Beamter, der von der Hand in den Mund lebt! Ist auch schrecklich eitel und hängt alles an Kleider und Krawatten. Will ihm sonst nichts Schlimmes nachreden, gewiß nicht! aber Heirat ist Heirat, und ich für mein Teil hätte schon einige Tausend am Zins; Lau aber noch nichts, wie er mir damals sagte. Hulda mag sichs nur überlegen: Ich verdiene ein Stück Geld und meine es gut mit ihr.

Ein prächtiger Auftrag (unberufen)!: Merzacher vom Falkenbräu, mein Turnbruder, fragte mich, ob ich ihm eine größere Zahl Bierflaschen aichen wolle; mehrere Tausend! Griff natürlich zu. Habe es in Bonn einigemal besorgt; natürlich an Weinflaschen. Muß nur geschickt zu Werke gehn; denn dergleichen zahlt sich schlecht; die Masse muß es eben bringen. Brauche allerdings eine neue Flasche Flußsäure. Auch Benzin und Wachs. Werde Merzacher beim Wort nehmen und dieser Tage den Auftrag festnageln.

Zintha soll mit Frau Doktor verreisen. Das würde unsere Frage lösen (wegen der Lenzfahrt nämlich).

Die Fayenceschüssel des Barons, die wir vor kurzem fertigmachten, kam heute aus der Muffel. Tadellos! Es wurde mir ganz warm vor Freude! Ebenthal, der sich auch kaum zu halten wußte, gab mir noch fünfzehn Mark, obschon mein bißchen Arbeit sozusagen mit dem Unterricht bezahlt war. Der alte Baron war mit dabei und freute sich königlich; er klopfte mir freundlich auf die Schulter und meinte: »Sie sind ein Tausendgenie, Hänfling; Sie müssen noch Professor werden!«

Mit Merzacher handelseinig. Mindestens zwanzigtausend Flaschen, dreiviertel Maß. Montag kann ich beginnen. Ich müsse mich aber sputen, sagt er. Und ob –!

Frühlingsanfang!
Habe für Sanfthobels eine ganze Menge Ware voraus gearbeitet, kann also kommende Woche die Flaschen aichen und werde mir heute einen ruhigen Tag gönnen (weil Sonntag ist). Denn ab und zu muß der Mensch mal aussetzen und seine Erholung haben; mit Maß und Ziel, versteht sich. Sonst wirtschaftet er rückwärts, und das sollen wir nicht.

Werde heute mal meine Denkwürdigkeiten wieder überlesen und in Ruhe weiterschreiben; unter der Woche geht die Sache zuweilen etwas atemlos, da ich abends immer rechtschaffen müde bin. Aber es muß eben sein; denn ich will mir Rechenschaft über mein Tun und Treiben ablegen, was unter Umständen sehr lehrreich sein kann. Und solche Erinnerungen würzen sozusagen das Alter, indem man nämlich sieht, welchen Schicksalsweg man durchwandert hat und wohin man gekommen ist. Denn das Menschenleben hat verschiedene Höhepunkte, wo sich uns die Seele erhebt und die müden Flügel wieder schneller schwingen. Natürlich muß man dabei hübsch auf dem goldenen Mittelweg bleiben (der führt am sichersten zu goldenen Mitteln). Und darf nicht über die Stränge schlagen.

Möchte nachmittags ein bißchen ausfliegen; das Wetter ist zu entzückend! Der Frühling ist wirklich ungefähr die schönste Jahreszeit, vorausgesetzt, das Wetter halte sich in den richtigen Grenzen. Drum tut der Mensch denn auch gut, ihn vollständig zu genießen; man hat immerhin manche erfreuliche Eindrücke davon.

Draußen blinkt das Wörnbrunner Schlößchen wie ein Bernstein am himmelblauen Wasser. So liebe ich mir die Landschaft! Der See glitzert in der Sonne, als hüpften lauter Talerstücke darauf, und obenhin spannt sich der Himmel mit einigen feinen weißen Wölkchen (wie sie Wollenweber in Bonn so zart auf die Zierteller hinhauchte; hatte Talent, der Bursche! Kriegte fünf Mark fürs Stück, weil es keiner von uns so konnte; arbeitete auch viel hinterrücks, bis das Geschäft auf seine Schliche kam und ihn wegjagte. Hatte aber seine schöne Stange Geld schon beiseite und ging dann nach Berlin, wo er jetzt verkommen soll; er trinkt nämlich schrecklich. Dachte mirs aber manchmal, wo das noch hinaus wolle, wenn er so kackfidel drauflos hauste und uns tischeweis freihielt, die wir unsere Groschen zwischen den Fingern zerrieben, ehe wir uns das Nötigste kauften. So hat eben jeder sein Schicksal! Wollenweber aber trank schon immer, und das führt zu nichts).

Es wird draußen heute überall recht lebhaft werden; ist zwar dann nicht eben gemütlich in den Wirtschaften, aber man muß den Leuten ihr Sonntagsvergnügen gönnen, und die Wirte wollen auch was verdienen; das ist nun mal Naturgesetz.

Könnte mir schließlich das Mittagessen ersparen und dafür auswärts einen Groschen mehr anlegen.

Eben da ich weggehn will, kommt ein Brief von Storzel. Werde ihn morgen lesen; ich fürchte, er könnte mir den Tag verderben.

(Unterwegs. Mit Aussicht auf den See.)
Wollte anfangs noch bei Luise vorsprechen, die ich längere Zeit nicht sah, beschloß dann aber, allein zu bleiben, da man einsam doch am besten genießt. Hielt mich nach den Hügeln zu, immer am Waldrand hin, wo schon die Himmelschlüssel heraus sind und an den lehmigen Wegborden einem die Märzblumen wie Zwanzigmarkstücke zulachen. Die Natur ist doch eine herrliche Sache; besonders die Scharen junger Mädchen, die mir in den Dörfern singend begegneten (reizende Blumenketten, sozusagen!) und schalkhaft lachten und kicherten. Man möchte so was gleich vom Fleck weg heiraten! So ging ich denn froh und leicht dahin und hüpfte ab und zu wie ein Lämmchen durch die Wiesen (was möglicherweise schon strafbar war!) und schlenderte so dahin und begann schließlich aus übervollem Herzen allerlei hübsche Lieder zu singen, z. B.

Es war ein Sonntag hell und klar,
Ein selten schöner Tag im Jahr –,

was auch so'n Leiblied von mir ist; kurz, ich flog dahin, ohne irgendwo einzukehren, obschon ich ehrlich durstig war, sondern machte mir lieber ordentlich Bewegung; das erspart einem nicht selten den Arzt. Dabei begegnete mir auch Orion, der meinen Ausflug guthieß. Er pries das wunderbare Lenzwetter, bei dem, wie er richtig meinte, eigentlich jede fühlende Seele in höhere Schwingungen geraten müsse; sagte auch so was von Goethe, nämlich wie herrlich diesem die Natur geleuchtet habe, schlug sich dann aber wieder waldein, dem See zu, wie mir schien. Ich aber machte mich vollends hier herauf, legte mich ins Gras und spiele nun heiter und wohlig den Sonnenbruder...

Eben fällt mir auch mein neuer Auftrag ein und erhöht meine allgemeine Frühlingsfreude. Denn es ist da schließlich was zu holen bei! Einen Pfennig die Flasche: macht 20.000 Pfennige = 200 Mark. Muß freilich möglicherweise mit der Hälfte fürlieb nehmen, sonst kriegt schließlich ein anderer die Geschichte. Wenn ich mich aber unentwegt aufs Leder setze, läßt sich immer noch ein hübscher Taglohn herausziehn.

(Abends vor Schlafengehn; ordentlich müde.)
Wandelte noch lange auf der Hügelhöhe entlang, dann über Steinbad, wo ich beinahe eingekehrt wäre, an den See hinunter; schien mir nämlich klüger, erst im Wörnbrunner Schlößchen was zu mir zu nehmen; so kann man manchen Groschen sparen, wenn man unterwegs seine Begierden etwas beherrscht. Durch die Gartenhecke forschend, entdeckte ich Hackel; dann auch Orion, der eben seine fünfte Flasche Bier bekam, gewaltig in seinen Käse einhieb und mit dem Messer fuchtelnd immer auf Mödlinger einredete, der Wein trank. Hatte einen Augenblick vor, mich zu ihnen zu setzen, da ent-

deckte ich in der Nähe gerade noch rechtzeitig Luise, und zwei Tische weiter auch Zintha, die nun doch nicht mit Frau Doktor fort war. Schlich mich also davon und kehrte erst im »Seepferd« ein, wo es indes nur gebackene Fische und Schweizerkäse gab. War aber da nicht so überfüllt wie im Schlößchen, und ich konnte unbehelligt meinen Käse verzehren und ein Glas Apfelwein trinken. Ist zwei Pfennige billiger als das Bier, und auch bekömmlicher, da er rascher den Durst löscht.

Wie ich zahlen will, kam noch der junge Baron hereingeschneit, und wir unterhielten uns sehr gut; er lud mich zu einer Flasche Wein ein, ließ Fische dazu auffahren und später noch Kaffee und Gebäck. Obwohl ich schon gegessen hatte, mundete mirs ordentlich, besonders der Kaffee, der mir aufs Trinken hin wieder einen guten Magen machte; trank drei Tassen und ließ mir das letzte Stück Kuchen einpacken. Ebenthal zahlte die Zeche (auch meinen Käse samt Apfelwein), und so wanderten wir vergnügt und zufrieden dem See entlang heim. Es war ein gottvoller Sonntag und ein unvergeßlicher Frühlingstag!

War schon in aller Morgenfrühe in Merzachers Keller. Um mich zu vergessen! (Und die Flaschen zu aichen.) Denn Storzel macht Anstände. Und stellt weitere Forderungen. Hundert bis zweihundert Mark neue Spesen, um sich für die Ware umtun zu können! Das war der gestrige Brief! Von Geschäften kein Sterbenswörtchen, geschweige Geld! Ein Glück, daß ich mich in der Arbeit vergessen kann!

Und daß es 25.000 Flaschen sind; nicht bloß 20.000!

Machte einen genauen Feldzugsplan; der Küfer hilft mir dabei. Die Flaschen werden mit den Hälsen in flüssiges Wachs getaucht, dann wie Grenadiere in Reih und Glied aufgestellt, jeweils 200, und mit einem Dreiviertelliter gefüllt. Ich ziehe dann den Eichstrich ins Wachs, und während ich das Maß fertig ritze, bereitet der Küfer weitere 200 vor. Bin etwas bescheiden bezahlt! Zwei Stück einen Pfennig! Flußsäure und Wachs werden vergütet; kann da vielleicht einige Groschen aufrechnen. Und Bier tagsüber nach Belieben. Werde mich aber hüten, im kalten Keller zu trinken; das hat schon schlimme Folgen gehabt; ein Durchfall wäre das Mindeste; nehme hingegen abends eine Flasche mit nach Hause (während der Küfer öfters an der Quelle saugt!) Feire über Mittag nicht; esse meinen Happen Schwarzbrot mit Käse und ritze nebenbei unverdrossen meine Zahlen ins Wachs. (350 bis 400 die Stunde, fertig zum Ätzen; wäre noch mehr möglich, wenn der Küfer nicht immer zwischenein söffe! Um sieben geht er weg; dann ätze ich noch bis neune weiter. 25.000 Flaschen zu einem halben Pfennig: macht 12.500 Pfennig oder 125 Mark. Werde künftig um fünf Uhr früh beginnen, das kleckt; setze nämlich meinen Ehrgeiz drein, die Sache möglichst rasch abzutun; in acht Tagen dürfte ein hübsches Stück Arbeit vorliegen…

Kriegte Montag 2721 Stück weg, gestern 2916, heute von fünf Uhr früh bis ein halb zehn Uhr abends 4100. Übung macht den Meister. Werde künftig erst ätzen, wenn sämtliche Flaschen vorbereitet sind; dann wird mirs zur Gelenksache und geht rascher von der Hand.

Die letzten Tage unmenschlich gearbeitet; heute alles zum Ätzen fertig: Jetzt fördre ichs rasch. Der Drogner wies mir nämlich einen Kunstgriff: Statt Säure solle ich Flußsäuresalz nehmen und aufstreuen; tut dieselbe Wirkung und macht sich rascher. Frisch voran!

Heute Schluß gemacht und mein Geld geholt: hundertfünfundzwanzig Mark in acht Tagen; das nennt sich Taglohn! Bin nun aber ordentlich herunter, da ich nämlich auch Sonntags durcharbeitete, all die Zeit her nicht richtig aß, zudem noch Kallenbergs Arbeit besorgte, worüber ich Sonnabend nachts erst um zwei Uhr von der Muffel wegkam und sonntags gleichwohl um halb sechs Uhr wieder bei meinen Flaschen saß, während der Küfer wegblieb; wäre sonst einen halben Tag eher fertig gewesen. Gab ihm drum auch kein Trinkgeld, wie ich anfangs vorhatte; einige Groschen hätte er sich immer verdienen können…

Luise war unleidig und bissig. Sie wittert was dahinter, daß ich mich so lange nimmer gezeigt habe. Suchte sie mit meiner Flaschengeschichte zu beruhigen, doch blieb sie ungläubig. Man löse sich allmählich von einem Mädchen los und schütze Pflichten und Arbeiten vor; derweil seien es ganz andere Gründe. Und so weiter. Ich liebe solche Streitereien nicht; empfahl mich drum gleich nach dem Abendbrot, und zwar etwas ungnädig. Weiberlaunen fehlten mir gerade noch! Bin ohnedies gehetzt genug!

Da hat ers schon, der gute Sanfthobel, mit seinem neuen Artikel! Dachte mirs gleich, wollt es ihm aber nicht sagen; er ist fremdem Rat ja nicht zugänglich. Was da nun für Kosten drinstecken mögen! Muß riesige Beträge an Kiesel zahlen, um seine Bilder nachmachen zu dürfen; dann kostet das Leder und die Goldpressung ein schönes Stück Geld; und schließlich will auch die Malerin leben, die die Sachen fertigt. (Soll zwar sehr billig arbeiten, nur damit sie die Aufträge bekommt; Luise sagts; die macht ihr die Mieder.) Nun hat der Mann eine Menge von dem Zeug auf Lager, und es wollen sich keine Käufer zeigen; auch ziehen die Goldgründe da und dort Grünspan; er wäre also von der Leipziger Fabrik hineingelegt. Ist ja alles sehr schön, zum Teil entzückend, aber unechtes Zeug, woran man sich gar noch vergiften kann; wer will das an den Wänden? Sanfthobel ist übler Laune, und das Schlußwort werden wohl die Gerichte haben...

Äußerte Mödlinger meine Bedenken wegen Storzel (der nämlich beharrlich schweigt). Zweihundert Mark verliert man nicht gern! Er beruhigte mich aber: Für Storzel könne er bürgen. Redensarten! Mag er mir das Geld hinlegen: Das heiß ich bürgen!...

Zintha fand, ich sei krank; auch Frau Doktor meinte es. Bin auch wirklich nicht in Ordnung, indem ich immer so einen Druck auf mir fühle. Und Stechen auf der Brust. Vielleicht von der Kellerarbeit. Oder der letzten Löschübung, wo ich schrecklich schwitzte und mich hernach nicht umzog. Frau Doktor goß mir kübelweis Lindenblütentee und heißes Honigwasser ein und gab mir das Katzenfell mit (von ihrem sel. Mann), bis der Schmerz weiche. Will sehen, was es nützt. Halte nicht viel davon...

Mödlinger hat den Landgerichtsrat Uhlmann gemalt. Will dafür 500 Mark bekommen haben. Zwei Tage Arbeit, sagt er. Freilich malt er rasend schnell, wenn er mal im Zug ist. Nun sagte uns der junge Uhlmann im Turnverein, das Bild koste nur 150. Wollte mir doch etwas viel dünken, 500 Mark für zwei Tage, wo 150 schon ein schönes Geld heißt.

Seinem hölzernen Gang nach war ers! Und Hulda wars auch. Begreife nun, warum ich neulich wieder vergeblich wartete. Gewißheit ist aber besser als so'ne halbe Eifersucht, die immer noch hofft. Denn Leidenschaft taugt nichts, so oder so! Besser, man vermeidet sie und geht in Ruhe seiner Arbeit nach...

Arbeite fieberhaft! Als hielte ich die 200 Mark endgültig für verloren (abgerechnet die 17 Mark, die er geschickt hat, die ja aber gar nichts bedeuten!). Glücklicherweise gabs heute wieder 11 Mark 50 für verkaufte Hexensteine. Wurmsam hats am besten! der zieht bloß immer Gewinn ein!...

Habe für Gebr. Ettlinger, wo ich meine Anzüge beziehe (kaufe sie immer fertig; sind so billiger!) 2000 Wäscheschablonen zu fertigen. Man muß alles mitnehmen; gibt immer ein Pöstchen Geld. Doch fällt mir das Ätzen mit Salpetersäure lästig; macht mir Husten und Brustschmerzen, da ich ja auch meine Erkältung noch nicht weghabe, trotzdem ich immer das Katzenfell trage. (Ist am Ende auch bloß Aberglaube?)...

Ich befragte Rechtsanwalt Kismund (so nebenbei in der Turnstunde). Er meint, ich könne die 200 Mark einklagen, weil es sich um ein Darlehen handle; die Spanschachteln aber seien anvertraute Ware, und es werde da nicht viel zu wollen sein. Und ob der Mann überhaupt Geld habe? Sonst solle ich nur die Klage lassen und mir Verdruß und Kosten ersparen.

Otterbart, den ehrlichen, braven, fleißigen Otterbart jagte ich weg, als er 100 Mark wollte; Storzel, dem Lump und Betrüger, warf ich 200 in den Rachen!...

Mir komme noch einer!...

Ists menschenmöglich! Der »Kunstwart« schimpft über Sanfthobels Lederbilder und meine Truhen; auch über solche bemalte Lampenglocken, wie ich manchmal welche mache. Hausgreuel nennt er die Sachen und bildet sie ab und warnt seine Leser davor. Sanfthobel ist wütend; ich kam gerade hin wegen neuer Bestellungen, als er das Zeug las. Er warf das Blatt in die Ecke und schwor, an die Gerichte zu gehn wegen Schädigung. Förderung ists freilich keine!

Übrigens hat das Blatt auch die Salome von Mödlinger abgelehnt. Nun bestellt er es ab und wird wieder für die »Gartenlaube« arbeiten. (War ja immer meine Meinung!)

Hackel hatte doch recht: Der Lump ist wieder hier! Traf ihn heute, als ich zum Töpfer ging, und stellte ihn zur Rede. Ich hätte ihn ja im Stich gelassen! sagte er. Und weder Ware noch Geld mehr geschickt, wie er gebeten habe, um das Geschäft weiterzutreiben! (Soll heißen: den Betrug!) So habe er denn die Einnahmen als Spesen verwendet, um neue Aufträge zu machen, und wenn ich seinen Wunsch erfüllt hätte, wäre jetzt das Geschäft in Blüte. Das Geld werde er natürlich zurückzahlen, obschon er nicht verpflichtet sei; denn er könne es als Geschäftsspesen betrachten. Doch sei er ein Ehrenmann, der niemand in Nachteil setze; nur müsse ich Geduld haben. Gab mir als ersten Abschlag fünf Mark. Habe nun ein Büchlein angelegt, worin ich ihm alle vierzehn Tage fünf Mark abschreibe (falls er zahlt!). Natürlich hat er das schöne Geld im Berner Oberland verjubelt und vertrunken. Zweihundert Mark! Ich werde sie ihm talerweise unter den Nägeln hervorpressen! ...

Somit Schluß! Schade um die verlorene Zeit! Und die unnütze Eifersucht. Sie sind im allgemeinen ein falsches Geschlecht; wissen nicht, was sie wollen (wie ich auch bei Luise sehe!), und greifen beim ersten besten zu, der ihnen was vorsäuselt. Schätzen den Mann nicht! Wie hätte sie sich sonst mit dem windigen Aktuarchen verloben können? Wieder eine Enttäuschung, die einen nachdenklich stimmen kann. Das Leben ist eine sonderbare Sache.

Nun macht er also Ernst, der gute Mödlinger, mit seiner Posamenterstochter. Und wird wieder vernünftig; denn die Baroneß Ebenthal, nach der er äugelte, hätte er doch nie gekriegt! Na ja: Das Bräutchen soll ja Geld haben; der Alte habe mal in der Lotterie fünfzehntausend Mark gewonnen. Und hernach soll er Zeichenlehrer an der Bürgerschule werden, da der alte Schabenuhl ja weggeht. Achtzehnhundert Mark jährlich: Was will er mehr? Ist doch immer was Greifbares. (Und bringt mehr als seine ganze Malerei.)

Ich könnte ihr alles verzeihen; nur müßte sie mir auch einen Schritt entgegenkommen. Habe ihr ja ohnehin noch die 100 Mark zu geben, die sie damals für Storzel vorschoß…

Sie wird wirklich 2000 Mark mitkriegen, wenn sie heiratet. Das heißt: Sie hat sie sich zurückgelegt, und das ist ein gutes Zeichen. So was achte ich. Auch würden ihr die Eltern noch was mitgeben. Sie soll freilich schon ein Kind haben. Von einem Lump, der ihr das Heiraten versprach und sie dann sitzen ließ! Na, darüber ließe sich wegsehn. Die armen Dinger haben eben sozusagen auch ihre Leidenschaft! – Warte nun ihre Antwort ab…

Auch das noch! Lehne natürlich die Zahlung ab. Storzel hat die Schachteln bestellt! Und nun soll ich sie zahlen, weil der Lump sich weigert! Sie gingen sonst sogleich vor Gericht, schreiben sie. Werde in der nächsten Turnstunde mal mit Kismund reden…

Zintha besuchte mich heute; Frau Doktor wollte nämlich hören, wie ich mich befände. Na, wie denn anders als elend? Soll einer gesund sein, der aus Gram und Verdruß nimmer herauskommt?

Sie bat um meine Wäsche zum Ausbessern; die liegt ja aber bei Luise oben, und fast hätte ich mich im Übereifer verschwatzt. Drauf wollte sie die Strümpfe zum Stopfen oder Anstricken. So zudringlich sind die Weiber, wenn sie verliebt sind; ich hatte nur zu wehren. Meinethalb das nächste Mal! sagte ich. Kann doch nicht weitre drei Paar Socken anschaffen, nur damit sie was zu waschen und zu stopfen hat! ...

Einmal geglückt! Überraschte Storzel zu Haus (er schlief seinen Rausch aus!) und erbeutete fünf Mark von ihm. Freilich mit Mühe! er mußte sie nämlich erst in der Nachbarschaft herum zusammenpumpen. Hat sich jetzt mit einer alten Jungfer zusammengetan, wohl um ihr die paar hundert Märklein abzunehmen, die sie hat; führt mit ihr ein Geschäftchen: einen Dunkelkammerbetrieb, wie die Nachbarn spötteln; er aber nennts Lichtkunst! Nur immer großspurig! Nicht zum Leben, nicht zum Sterben – höre ich. Na, ich danke!

Da haben wirs! Es sei nichts zu wollen, sagt Kismund. Ich hätte die Schachteln verarbeitet und durch ihn verkaufen lassen; somit müsse ich sie auch bezahlen. Und sein Geschäftchen sei nicht pfändbar, da alles der Jungfer gehöre. Jawohl! Wie lange noch? Und so was gibts in der Welt und heißt sich Gerechtigkeit! Geschieht dir aber recht, Gustav...

Sie muß mich mit Zintha im Zirkus gesehen haben! Sie spielte darauf an; ist auch, glaube ich, erst seit jenem Abend so unverträglich. Aber wirklich geliebt hat sie mich doch wohl nicht! Sonst hätte sie mir nicht die hundert Mark gekündigt. Echte Liebe kann ein Opfer bringen oder doch ein bißchen Geduld üben. Nun ists zu Ende! Habe ihr sogleich das Geld zurückgegeben. (Schulden sind mir peinlich!) Zins lehnte sie ab. Wohl um sich mit dieser Güte ein Hintertürchen offenzuhalten? Aber wie gesagt: Nun ist es aus! ... Kann jetzt doch mit freiem Gewissen zu Zintha gehen! ...

Mit der Schachtelrechnung macht es zweihundertundsiebzig Mark. Zehn preßte ich ihm ab, siebzehn schickte er von Grindelwald; bleibt mir ein Schaden von zweihundertdreiundvierzig Mark. Unerhört! Hilft aber nichts. Ich muß den Zahlen ins Gesicht sehn und die Zähne zusammenbeißen!

Dr. Hahn bestellt eine bemalte Lampenglocke (als Geschenk für seine Schwiegermutter). Werde seine Villa daraufmalen und ein Endchen See mit einem Segelschiffchen. (Für einen Taler.) Fragte ihn auch wegen meiner Brust und der schlimmen Zehe, die mir wieder Beschwerden macht. Sie müsse heraus! sagte er; sonst könne ich da noch Böses mit erleben. Überhaupt solle ich mich einige Wochen im Krankenhaus behandeln lassen. (Und wovon leben? Nein, jetzt keinesfalls!) ...

Laß da künftig die Hände weg, Gustav! Man hat doch bloß Undank; nämlich für gute Ratschläge. Wollte Mödlinger ermuntern, eine Malschule zu eröffnen; Frau Sanfthobel sagte mal, da wäre viel Geld bei zu verdienen. Und Schüler bekäme er genug, besonders Damen, die so'n bißchen Blumenmalen und dergleichen Kleinigkeiten gerne lernen würden, wo Mödlinger obendrein so'n hübscher Kerl ist. Scheint aber große Rosinen im Kopf zu haben. Nun, das hatte Frau Sanfthobel auch mal, wie sie sagte, und ist jetzt doch zufrieden, daß sie ein gutes Geschäft hat. Auch ich halte es mit der Sicherheit; was soll so'n hungriger Malerstolz!

Er ließ sich verleugnen, der Lump! Werde aber in einigen Tagen wieder vorsprechen; vielleicht hat er dann den Fünfer zusammengepumpt. Ist übrigens eine ordentliche

Schlamperei in dem Geschäft; seine Teilhaberin schlief am Arbeitstisch, neben sich eine Flasche Wein (war wohl betrunken?) und alle Türen standen offen. Man hätte die ganze Bude davontragen können!

Überhaupt: Was einem das Leben nicht alles bringt! Wollenweber sollen sie in Berlin verhaftet haben; wegen allerlei dunkler Machenschaften und solcher Geschichten. Freilich, wo sollte ers immer herhaben zu solchem Leben, besonders da droben, wo unserlei Künstler jetzt oft arbeitslos sind. Dachte mirs manchmal in Bonn (obschon er dort viel verdiente), daß es so nicht weitergehen könne, wenn er in seiner gewohnten Art über die Stränge schlug. Frohsinn und Übermut sind schon recht, aber nur in den richtigen Grenzen. Seltsam und rätselhaft immerhin, mit was für Gesellen einen das Schicksal manchmal zusammenführt!

Traf ihn diesmal abends, als ich von Zintha heimging. Er hatte sich in Hildesweilen auf einige Aufträge Vorschuß geben lassen und davon einen Rausch angetrunken. Ich übermochte ihn, mir eine Mark fünfzig zu geben (mehr um keinen Preis!). Soll das nun so weitergehen? ...

Huste noch immer hart, trotz Honig und Katzenfell. Frau Doktor, die jetzt alles dem unreinen Blut zuschreibt, gab mir Blutreinigungstee; ich kriegte aber Durchfall davon, was mich sehr mitnahm; aß darum gestern dort Schweizerkäse zu Rotwein und habe nun etwas Ruhe. Werde künftig wieder öfter abends dort essen, da sie mich wiederholt einluden; man ist bei Frauen doch am besten aufgehoben...

Der junge Baron hat sich verlobt. Da müßte ich eigentlich was schenken; denn ich danke ihm doch manchen hübschen Auftrag und verehre ihn auch sonst. Ein halbes Dutzend Tassen vielleicht, mit selbsterdachtem Muster? Oder doch ein Paar; nämlich für ihn und seine Braut. Wer weiß, wie er solche Aufmerksamkeit vermerken würde? Werde mal mit Frau Doktor drüber reden.

Dr. Hahn zahlte das Lampenglas. Habe es bloß mit Lackfarbe bemalt, da sichs um eine Zierlampe handelt, die in der guten Stube steht und nie gebrannt wird. Er gab mir statt des Talers blanke fünf Mark. Endlich wieder mal ein Lichtblick in meinem Leben!...

Schlimm, sehr schlimm! Denn ob der junge Kallenberg das Geschäft fortführte, wenn der Alte zurücktreten müßte...? Ist immerhin ein Leichtfuß; und Geld hätte er ja auch genug. Das hat er nun davon, der alte Herr! (Von Kundenschoppentrinken nämlich.) Habe mirs aber manchmal gedacht, als ich ihn von Tag zu Tag dicker werden sah. Hoffentlich erholt er sich wieder! Ist freilich mit so 'nem Schlagfluß nicht zu spaßen...

Degen (vielmehr meine Schwester) hat die zwanzig Mark geschickt. Es sei ihr freilich schwer genug gefallen, schreibt sie; aber sie habe es eben versprochen. Nun ja: Was man pumpt, gibt man zurück! (unter ordentlichen Menschen).

Gebr. Ettlingers Schablonen waren eine hübsche Ernte, auch die Hexensteine und die letzten Aufträge Sanfthobels. So stopfe ich wieder ein bißchen das Loch (wenns überhaupt möglich ist!), das mir Storzel gerissen hat.

Traf diesen übrigens heute wieder, als ich vom Töpfer heimging. Wie ein Mensch nur so'n schlechtes Gewissen mit sich herumtragen mag! Kann mir ja nicht ins Gesicht sehn. Dabei legt er sich ein Ränzchen an und hat einen

Kopf wie ein Schmalztopf, während ich mir kaum das Nötigste gönne und immer so'n bißchen halbhungrig herumlaufe.

Den Blutreinigungstee habe ich aufgegeben (man darf so was nicht übertreiben!) und trank gestern mal Hoffmannstropfen (fast ein ganzes Fläschchen!). Den Durchfall habe ich jetzt weg; dafür aber einen offenen Gaumen…

Etwas schäbig ists wohl! Besonders von einem Turnbruder, der so viel Geld verdient. Und so'ne reiche Frau hat! Habe ihn ja nur so nebenbei in der Turnstunde um seine Meinung gefragt; jetzt nennt ers »zwei Rechtsauskünfte« und schickt mir eine Rechnung von vier Mark! Das seien Geschäftsgrundsätze, sagt er. Ich bin auch für Grundsätze; aber man soll sie nicht übertreiben.

Mödlinger geht noch nach Paris, bevor er seine Lehrstelle antritt. Was nützt ihm Paris? Und vierhundert Mark nimmt er mit! Ich könnte sterben an den zweihundert, die ich eingebüßt habe.

Das mit dem Kreisschreiber – das habe ich mir nochmals überlegt. Kann das bißchen Mehr an Zins recht wohl brauchen; und wenn er nicht kündigt, mag das Darlehen weiterlaufen. Man muß heutzutage klug sein!

Von Frau Doktor zwei Töpfe mit Blumen erhalten (vors Fenster zu stellen): Gelbveiel oder wie sie sie nannte. Kenne mich nicht aus in solchem Pflanzenzeug. Ein Fensterbrett will sie mir auch dazu schenken; das ältere vom Altan gegen die Töpferbude hinaus, wo Zintha sonst ihre Blumen hat. Da muß ich mir die Sache schon einigermaßen ans Herz nehmen; denn so'n Gartenflor ist immer was

Freundliches und mit Poesie verbunden; und man sollte sich das Leben so heiter wie möglich machen, wenn einem andre so hübsch dabei an die Hand gehen.

Schrecklich, wie die Zeit vergeht! Und immer im alten bösen Trott (wegen Storzels, meine ich!). Ein Glück, daß ich immer zu tun habe! Was taugte das Menschenleben, wenn es keine Arbeit gäbe! ...

Wollte anfangs nicht mittun, war nicht so recht mit dem Herzen dabei. Aber der Mensch muß manchmal ein Vergnügen haben; das Leben ist trüb genug, und wer weiß, wie schnell es oft endet?

Diesmal gings nach Bärenbad, wo Erntefest war. Und zwar mit Damen. Ich mußte an den Turnerball denken, wo Luise noch mit bei war. Hatte Zintha eingeladen und vorm Abmarsch noch bei Frau Doktor Mittagbrot gegessen. In Haldenberg stießen wir zu unserem Trupp, und vorwärts gings:

>»Wohlauf! Die Luft geht frisch und rein;
Wer lange sitzt, muß rosten.«

Wanderten also tapfer hügelan, so daß ich schließlich ordentlich in Schweiß kam, weshalb ich vorsorglich noch mein altes Hemd trug, wie gewöhnt, da man am ehesten sonntags sich erhitzt und drum besser erst montags ein frisches anzieht. Trug aber für alle Fälle eins in einem Päckchen mit, um mich nach dem Tanze nicht zu verkühlen; man holt sich so leicht was, und mein Druck auf der Brust war auch noch nicht ganz weg. War wohl so'ne schleichende Lungenentzündung all die Zeit über, die ich mir mal gründlich wegtanzen wollte; denn Bewegung soll in solchen Fällen nicht übel sein. Hüpfte drum und schwang mich halbnärrisch mit Zintha herum und ergötzte mich wie ein junger Gott, denn ich hatte mich ziemlich lange von jedem Vergnügen ferngehalten. Aber schließlich muß man sich mal ordentlich vergessen; Pflichten und Sorgen stellen sich von selbst wieder ein. So brachte ichs den Nachmittag über auf einen Halben Rotwein (natürlich mit Zintha, die aber immer kaum nippte) und auf eine Himbeerlimonade (gegen den Durst). Das Getränk übernahm die Turnkasse; wir aßen jedoch etwas Aufschnitt dazu und später noch Schweizerkäse, tanzten aber immer zwischen hinein, bis ich mich schließlich gezwungen sah, das Hemd zu wechseln, worauf ich mich königlich wohl fühlte und mein Brustschmerz wie weggeblasen war. So'ne Orgie tut doch manchmal gut! Und meine Zeche machte bloß eine Mark und siebenundvierzig.

Auf dem Heimweg verzettelte sich die Gesellschaft; Hackel und Dr. Hahn blieben noch in Schachental hängen; ein andres Trüppchen schwenkte nach Deifenberg ab; man vereinbarte aber noch einen Schlußtrunk in der »Krone« zu Hildesweilen. Ich brachte jedoch Zintha nach Hause, wo ich natürlich den Tee mittrinken mußte; so hatte ich denn zum Weiterzechen keinen Durst mehr und trollte mich zeitig heimwärts; wollte mich in der kühlen Nacht nicht wieder erkälten...

Zintha war natürlich auch hin und wieder etwas heiratslustig geworden. Und ich zeigte mich weniger abgeneigt. Man wäre eben doch besser aufgehoben. Möchte bloß warten, bis Storzels Geld wieder herein ist. Eine kleine Aussteuer brächte Zintha mit, und einen sparsamen Sinn auch. (Was immer schon was wert ist!)

Hübscher Nebenverdienst! Mödlinger zu Gefallen. Er malt eine Stadtratsitzung fürs Rathaus, vierzehn, fünfzehn Mann in schwarzen Anzügen. Für fünfhundert Mark, sagte er. Sitze ihm nun täglich ein bis zwei Stunden als Gewandmodell. Fünfundsiebzig Pfennig die Stunde.

Eben jetzt malt er den Frack des Bürgermeisters mit den Orden und der Amtskette; die Köpfe später nach Natur. Sonntags hätte ich fünf bis sechs Stunden zu sitzen – leichten Kaufs anderthalb Taler nebenher! ...

Mit Mödlinger und seiner Posamenterstochter solls doch Essig werden; er wolle sich ums Heiraten herumdrücken, höre ich, und äuge wieder nach einer der Baronessen Ebenthal. Würde mich dauern, die Kleine; ist so'n hübsches blondes Ding, der geborene Engel sozusagen, und würde entschieden gut zu ihm passen, keine besser; ist auch katholisch wie er und soll sehr häuslich erzogen sein. Freilich, die Alte weiß, was sie will, und läßt der Kleinen nichts durchgehn. Aber Mödlinger will hoch hinaus; soll Professor an einer Kunstschule werden wollen; in Karlsruhe oder Düsseldorf. Dazu reiche ihms gerade! spottete Hackel. Als ob das nicht genügte! ...

Heute wieder Löschübung gehabt, eben zur Stunde, wo ich hätte Modell sitzen sollen. Muß mich nun doch befreien lassen, obschons für dieses Jahr kaum noch lohnen wird!

Fünf von den Stadträten sind fertig (d.h. eben nur Hosen und Röcke!). Trug mir für die Wochentage neun Mark, für vergangenen Sonntag vier Mark fünfzig ein.

Bei Mödlinger Modell gesessen. Unglaublich, was dieser Mensch für eine Fertigkeit im Malen hat! Leider läßt er alles skizzenhaft, und so steht es an den Wänden herum und verstaubt und verdirbt; schade um die Leinwand und die schönen Farben!
Bevor ich wegging, zeichnete er auch eine Skizze von mir; so recht aus dem Handgelenk. Er scheint wirklich ordentlich begabt. Ich bin recht gut getroffen; etwas zu

alt vielleicht, und reichlich ernst. (Bin doch im Grund eine heitere Natur.)

Der alte Kallenberg ist wieder im Geschäft, Gott sei Dank! Und läßt tüchtig arbeiten. Lahmt freilich noch linksseitig und schleppt sich etwas mühsam herum. Ist aber doch immer besser als müßiggehen.

Ausgeschlossen das; ganz ausgeschlossen! Was hat er mich denn mit dem Lump bekannt gemacht und in die Geschichte hinein ermuntert, wenn ich jetzt so gegen ihn vorgehen soll? Storzel vor die Gerichte nehmen und mir Gerechtigkeit schaffen? Nein, Herr Mödlinger! Kenne die Gerechtigkeit. Ist gerade recht für Anwälte und Pleitefritzen, die sie füttert und schützt; wer Recht sucht, wird nur sein Geld los!

Sanfthobel hegt neue große Pläne, die auch mir zugute kämen. Freilich erst für kommendes Frühjahr. Machte solche Andeutungen und will die Sache um Weihnachten herum mit mir besprechen. Ich bin nicht der, der ihms ausreden wird! ...

Mödlinger bekam heute einen Postauftrag auf siebenundsiebzig Mark und ungerade, mitten in meine Sitzung hinein. Alles für Farben, noch von München her. Der komme nun, sagte er lachend, so alle vierzehn Tage, und er löse ihn nie ein. Mag mit der Zeit hübsch ins Geld laufen, so'n Leichtsinn. Wie kann ein Geschäft aber so lange borgen! ...
    Übrigens verbraucht er entschieden zu viel Farben; mit halb soviel könnte einer gerade so gut malen, eher besser, als mit solch fingerdicker Schmiererei. Manchmal trägt er das Zeug mit der Spachtel auf, wie ein Maurer. Und nennt so was noch genial.

Neben den Ratsherren her malt er jetzt den Tod mit einem ganz nackten Frauenzimmer, das in einen Spiegel schaut. Wo er das Geschöpf nur herhat? Und daß er sich damit nicht vor seiner Schwester schämt, die doch ab und zu mal hereinkommt!

Das Bild der Stadträte ist fertig (soweit michs angeht). Kriegte noch dreiundzwanzig Mark fünfundzwanzig. Ist freilich noch ein hübsches Stück Arbeit zu tun, wobei Mödlinger sein ganzes Genie wird zusammennehmen müssen. Denn jetzt sitzen die Herren Stadträte erst als kopflose Bratenröcke da. War mir aber belehrend, zu sehen, wie ein Kunstwerk entsteht.

Er würde mir leid tun, der gute Hackel! Besonders wenn er deshalb um seine Stellung käme. Er soll neulich wieder betrunken in den Dienst gekommen sein (das geht natürlich nicht!) und hat nun vom Bürgermeister eine eklige Nase bekommen. Das schreckliche Trinken! Warum läßt ers nur nicht?!

Neulich soll er sich gar mit zwei Landjägern geprügelt haben, nachts um zwei Uhr, weil sie ihm Feierabend bieten wollten. Das war damals, wo er mich auf eine Bierreise mitnehmen wollte. Schwante mir aber was, und ich lehnte ab. Die Vorsehung meint es doch zuweilen gut mit mir.

Wollenweber ist haarscharf vorbeigewischt. Betrug konnten sie ihm nicht nachweisen (roch zwar sehr brenzlig!), und in betreff der Unterschlagungen huften einige Zeugen, die zuvor das Maul etwas voll genommen, es dann aber nicht so gemeint haben wollten. Wie kann aber ein Mensch, der sich Haufen Goldes auf ehrliche Weise verdienen könnte, auf solche Abwege geraten! Unser Herrgott hat wirklich wunderliche Kostgänger...

Nun rückt die kalte Zeit wieder heran. Ist mir schon ehrlich bang vor dem grauen Winterwetter. Zintha riet mir bereits, Kohlen anzuschaffen, damit ichs nicht wieder auf der Brust bekomme. Sie hat recht; es ist nicht zu spaßen! Wenn nur das Heizen nicht so schrecklich kostspielig wäre!

Die Sache mit dem jungen Baron habe ich mir überlegt. Es könnte zudringlich erscheinen, ihm ungebeten Geschenke zu machen. Frau Doktor sagte, solch vornehme Leute seien sehr empfindlich und nähmen einem oft die beste Absicht krumm. Ich hatte zwei Eierbecher mit etwas Vergißmeinnicht und einem gelben Schmetterling gemacht, als Anspielung auf die Braut, die recht wie ein Schmetterling und auch immer zitronengelb herumschwebt; sehe sie fast täglich im Park. Werde das Zeug nun Frau Doktor schenken, die am Ende doch mehr Verdienst um mich hat als der Baron.

Hackel soll aus dem Dienst austreten und sich selbständig machen wollen. Ich würde mirs an seiner Stelle zehnmal überlegen! (Kann da ein Wörtlein aus Erfahrung mitreden.) Nur nie seine Sicherheit aufgeben! Was ist da alle Freiheit gegen?

Ich kanns immer noch nicht fassen! Und da soll einem nicht bang werden! Der gute Post-Maier! So'n baumstarker Mensch. Im Handumdrehen krank – legt sich – und ist weg! Donnerstagabend trank er noch die halbe Gesellschaft untern Tisch...

Soll Scharlach gehabt haben, was in diesem Alter sehr gefährlich sei. Besonders bei so naßkaltem Wetter, wie wirs die paar Wochen über hatten. Werde nun mein Katzenfell wieder tragen und nächstens Kohlen kaufen; denn es ist wahrhaftig nicht zu spaßen!...

Das hat das Blatt nun erreicht mit seinem Geschreibe! Nur so weiter! Sanfthobel hat eine ganze Anzahl neuer Kunden bekommen, und alle berufen sich auf die hübschen Muster in der Zeitschrift. Die Leute lassen sich eben ihren Geschmack nicht nehmen!

Weitere vierhundert Schablonen für Gebr. Ettlinger zu machen. Ist mir zwar ein lästiger Auftrag; denn die Säure setzt mir eklig zu, besonders wenn ich nebenher noch die Ahorntruhen brenne; kann aber doch meine Kundschaft nicht sitzen lassen! ...

Bin in letzter Zeit vielleicht manchmal etwas verzagt, und zwar allzusehr, was sonst nicht meine Art ist. Und am Ende auch keinen Sinn hat. Freilich – man hat so seine Stimmungen und Betrachtungen, und da mischen sich eben unsere Elemente unversehens in der Seele zu einem Getränk, das dann geschluckt und verdaut sein will, wenns auch nicht besonders schön schmeckt. (Im Gegenteil!) Und so beruhigst du dich nun wieder, Gustav! Und das sollte man nicht, sondern die Sache lieber mal an einem andern Zipfel anfassen, was mir nämlich immerhin möglich scheint, sofern einer will. Der dunkelste Gesell kann einem schließlich ein helles Vorbild sein, hat mal ein Besoffner in Bonn zu mir gesagt; die Weisheit hockt wirklich in den Schenken, und man müßte sie nur dort herausholen und ans Licht ziehen. Da fällt mir z. B. Wollenweber ein. Ich an seiner Stelle würde in die Erde versinken und sterben; er aber hat das Zuchthaus (wo er vielleicht hingehörte) mit dem Ärmel gestreift und wehrt sich seiner Haut, um flott weiter zu leben. Ob ich mirs da nicht auch mal überlege? Das Dasein kann einem schließlich manches Genießenswerte bieten, z. B. ein gutes Mittagessen. Oder einen schönen Frühlingstag, wie ich heuer mal einen zum Spaziergang benutzte und mit schönen Betrachtungen beladen abends heimkam. So sollte man öfters sein; wie denn auch Pfarrer Kneipp predigt: »So sollt ihr leben!«; und vielleicht könnte man sich dazu befehlen, nämlich mit reichlicher Übung. Sonst ist man, wer weiß? – eines Tages um das bißchen Leben betrogen, und die Reue währt bekanntlich ewiglich. Ich müßte nur 'n bißchen froher werden und jeden Verdruß, wie mir neulich leider einer vorgekommen ist, verwinden. Und sollte höhere Gesichtspunkte einnehmen, z.B. mich zunächst mal von der Löschübung befreien lassen und die zwei Mark in Gottes Namen zahlen, obschon bei so vorgerücktem Jahr schwerlich noch eine Übung stattfindet. Es wäre ein guter Anfang, und aus so'ner kleinen Überwindung könnte mit der Zeit eine große werden. Denn der Mensch kann sich in der Gewalt haben und fast das Unmögliche leisten. Vom Weberkind zum Künstler war auch ein großer Schritt, Gustav; suche mal nach ähnlichen Standpunkten, eh dus am Ende plötzlich zu bereuen hast...

Schrecklich meine Verfassung heute! Kommt mir noch 'n mal vor, daß Hackel mich verleitet! Ich kann mich nicht entsinnen, wie ich vergangene Nacht zu Bett kam, und habe doch sicherlich vorsichtig getrunken, so daß ich mir jetzt mein Kopfweh nicht erklären kann. Ertrage freilich nicht viel; oder es muß eine rechte Orgie abgesetzt haben; wenigstens stößt mir den ganzen Morgen ein Backsteinkäs auf...

Habe mir für alle Fälle Kohlen gekauft, damit ich heizen kann, wenn ich zu Hause arbeite. Nehme auch jeden Abend meine Filzstiefel aus der Töpferei mit; denn Post-Maiers Tod hat mir tüchtig zugesetzt. Man ist auch so einsam und hat nicht seine richtige Pflege. Das Beste wäre, ich heirate bald!...

Ich hätte mich eben befreien lassen sollen; man lebte doch ruhiger und bequemer. Zwei Mark ists am Ende wert. So aber muß ich heute nacht um halb drei Uhr aus dem warmen Bett heraus auf den Brandplatz, stand angestrengt an der Spritze und hernach schwitzend in der Nachtkühle herum, bis wir wieder heranmußten. Wie schnell holt man da sich was! Kriegten dann freilich eine halbe Mark oder einen Gutschein für ein Frühstück, wer eins wollte. Ich nahm meinen Fünfziger, lief heim und kroch schlotternd ins Bett, mich wieder warm zu schlafen. Soll mir aber eine Warnung sein!

Frau Doktor gab mir Honig mit, in heißem Wasser oder gekochter Milch zu nehmen; denn ich huste wieder, und die Brust schmerzt mich.

Dr. Hahn, der heute zufällig vorbeikam, verbot mir das Schablonenätzen; ich hätte leichtes Fieber und solle mich einige Tage ins Bett legen. Er hat gut reden; die Arbeit geht vor!

Wenn ich kränker werde und nicht arbeiten kann, muß die Stadt herhalten. Ich glaube, ich habe mich auf dem Brandplatz neulich verdorben; wo denn sonst? Da ist die Stadt haftbar für! Sie mags bezahlen, hat Geld genug. Denn meine Krankenkasse wird noch kaum beigehn...

Habe heute die Grabtafel für den guten Post-Maier gemalt! Wo hätte ich das je gedacht! Brachte oben ein paar Rosen an, unten einige Vergißmeinnichtchen und malte das R. I. P. in Rot und Gold... Achtundzwanzig Jahre war er alt!...

Ich hätte den letzten Bissen des Backschinkens nimmer essen dürfen, er war zu fett; ekelte mir auch davor, da ich schon bis zur Kehle herauf satt war. Frau Doktor sagte aber, es dürfe nichts übrig bleiben! Nun habe ich Magenschmerzen und Durchfall, und nichts hilft dawider. Auch Hoffmannstropfen nicht, noch der heiße Ziegelstein auf dem Leib. Und wenn ich an den fetten Bissen denke, könnte ich mich erbrechen. Bin heute zeitiger nach Hause gegangen und werde mich mal ordentlich pflegen und tüchtig ausschlafen...

Blieb heute zu Haus. Und im Bett. Mir ist so elend, daß ich beim besten Willen nicht arbeiten kann. Und Pflege hat man ja auch keine von solchen Wirtsleuten. Zeigen sich nur, wenn sie die Miete haben wollen! Und dann diese Tunte von Frau! Der Baron sei dagewesen, sagte sie. Sie habe ihn aber weggeschickt: Ich läge zu Bett und sei nicht zu sprechen! Der Baron hat mir noch immer Glück gebracht, und dieses Weib weist ihn ab!

Es war ein Herr da, der mich sprechen wollte. Er sehe aber – sagte er – daß ich leidend sei. Und ich solle mich pflegen. Er werde morgen wiederkommen.
Meine Wirtin fragte, ob sie den Arzt rufen solle? Ich lehnte aber ab. Macht bloß eine Menge Kosten. Und so schlimm ists wohl nicht.

Stand heute wieder auf (man muß sich bezwingen können!) und ging nachmittags zum Kreisschreiber. Der fand mich schlimm krank und riet mir ernstliche Schonung. Setzte mir eine Haferschleimsuppe vor, die sei gut für einen verdorbenen Magen. Und ich müsse eben das Fleischessen aufgeben; das sei vom Übel und verderbe alles, sagte er.
War auf dem Heimweg so elend, daß ich immer gegen die Häuser fiel. Man hielt mich wohl für betrunken; ich hatte aber nur das bißchen Haferschleim im Leib.
Muß immer an den Post-Maier denken. Achtundzwanzig war er. Ich werde bald einunddreißig...

Das war schrecklich! Schrecklich! Fieber die ganze Nacht! Und kein Auge geschlossen!

Und als ich erwachte, war der Himmel scharlachrot. Und eben nicht bloß der Himmel; auch sonst alles, was ich sah! Die Geschichte verlor sich aber wieder. Doch scheine ich stärker zu fiebern. Und der schreckliche Durchfall! Unaufhörlich. – Wenn ich doch ins Krankenhaus ginge? – Die Stadt müßte es zahlen! Wollte ihrs schon hinreiben; ich hätte eine ordentliche Pflege dort! Und kräftiges Essen. Und wenn ich länger bleiben müßte, könnte ich mir gleich die schlimme Zehe abnehmen lassen; das ginge dann in einem hin…

Der fremde Herr war wieder da. Ich sei ja richtig krank, sagte er. Und ich müsse ins Krankenhaus. Tröstete mich aber: So schlimm, wie ich vielleicht befürchtete, sei es ja nicht. – Aber den Post-Maier hats auch gepackt. Zwei Tage – – und weg war er.

Ein baumstarker Mensch!…

Sanfthobels schickten mein Guthaben. Hundertsiebenunddreißig Mark.

Der fremde Herr ist weg… Er werde mir einen Arzt schicken, sagte er.

Der Arzt hat recht. Ich hätte zeitlebens mehr essen sollen, sagt er. Ich sei schlecht genährt. Und der Durchfall beunruhige ihn, der zehre an meinen Kräften.

Gehe also ins Krankenhaus… Die Stadt mags zahlen!…

Dieses Bruststechen! Maier soll das auch gehabt haben!…

Alles wohl versorgt… Und gut verschlossen.

O, diese Müdigkeit…

Mein Hauswirt fährt mit. Habe ihm all mein Bargeld anvertraut: Hundertneunundvierzig Mark siebenundzwanzig … falls nämlich das Krankenhaus was will (man kann nie wissen!).

Aber die Stadt muß dafür aufkommen! …

Nachwort

Sehr oft kommt das Vermögen geiziger Sammler an
verschwenderische und im eigentlichen Sinne, lachende Erben.

Johann Peter Hebel

Bei der Lektüre von Heinrich Ernst Kromers erstem,
1913 erschienenen Roman, *Arnold Lohrs Zigeunerfahrt*,
werden wir Zeugen, wie der Titelheld mehreren Frauen
begegnet: der siebzehnjährigen Tessa, seiner Jugendfreun-
din Golly, einer blutjungen Wirtstochter und schließlich
einer mannstollen Wirtin, die ihn in »heißer Verfassung«
bedrängt. Wir registrieren, daß die Buchseiten immer
wieder erotisch zu knistern beginnen, nehmen dann aber
auch mit einem gewissen Erstaunen zur Kenntnis, daß
aus keinem dieser kleinen unnützen Abenteuer, wie es
der Icherzähler einmal formuliert, eine Beziehung entsteht.

Ähnlich wie Arnold Lohr lebt auch Gustav Hänfling.
Auch er geht, wenngleich aus vollkommen anderen Grün-
den, keine feste Bindung mit einer Frau ein und bleibt ein
Einzelgänger, ein Sonderling. Obwohl die beiden Er-
zählkomplexe hinsichtlich des geschilderten Milieus und
der jeweiligen gesellschaftlichen Rahmenbedingungen
durchaus miteinander verwandt sind – man denke nur an
das Personal, das sich u.a. aus Künstlern, Kunsthändlern,
Adligen und ihren Söhnen zusammensetzt –, stehen die
Hänfling-Texte im Werk Kromers ziemlich einzigartig
dar. Und im Grunde gilt diese Feststellung für die ge-
samte deutschsprachige Literatur des 20. Jahrhunderts,
denn kein anderes Werk beschäftigt sich so konzentriert
und so ausschließlich mit den Lastern Geiz und Habgier.
»An den Ufern des Bodensees lebte, am Ende des 19.

Jahrhunderts, ein Porzellanmaler, namens Gustav Hänfling, Sohn eines Webers, einer der rechtschaffensten zugleich und merkwürdigsten Menschen seiner Zeit. Dieser außerordentliche Mann würde, bis in sein dreißigstes Jahr, für das Muster eines guten Mannes haben gelten können.« Auch so, oder so ähnlich, könnte Kromers Erzählung vom schlesischen Porzellanmaler beginnen, denn wie bei Heinrich von Kleists Michael Kohlhaas schlägt im Falle Hänflings eine Tugend jäh in ihr Gegenteil, in ein schlimmes Laster um.

Der Geizhals Hänfling ist also allein auf weiter Flur, einen Ebenezer Scrooge treffen wir im 20. und im 21. Jahrhundert nicht mehr an, die Zeiten eines Charles Dickens und seiner Erzählung *A Christmas Carol* sind längst vorüber. Aber immerhin, das soll nicht unterschlagen werden, haben wir noch einen Scrooge McDuck, im deutschsprachigen Raum besser bekannt als Dagobert Duck, der ebenso gern im Geld badet wie Hänfling, der am Ende eines langen Arbeitstages befriedigt feststellt: »Und neben mir funkelt freundlich das Goldstück.« Heutzutage scheint die Auseinandersetzung mit der Avaritia nicht zuletzt in den Comics stattzufinden. Doch zurück zu Heinrich Ernst Kromer.

Der Hänfling-Stoff beschäftigte ihn nahezu über sein ganzes schöpferisches Leben hinweg. Schon Mitte der neunziger Jahre des 19. Jahrhunderts schuf Kromer zeichnerische Porträtskizzen eines bärtigen jungen Mannes mit Brille, den er Gustav Hänfling nannte. In Kromers Korrespondenz begegnet die Arbeit am Romanmanuskript erstmals 1899. Und die Textfassung letzter Hand stammt aus dem Jahr 1947.

Den literarischen Anfang macht die Erzählung *Der schlesische Porzellanmaler*, von der man bis zuletzt annahm, Kromer habe sie 1908 unter dem Pseudonym Heinrich Amann in der Zeitschrift »Die Schweiz« ver-

öffentlicht, was freilich nicht mehr war als eine gut ge-
pflegte Legende und nicht zutraf (vgl. mein Nachwort im
Band H. E. K., *Späte Prosa*). Inzwischen ist Klaus Isele
fündig geworden: Die Novelle wurde im Jahrgang 1911
der genannten Zeitschrift abgedruckt; die Autorenan-
gabe lautet »Karl Heinz Ammann, München«.

Es ist ein Leben im Diminutiv, das sich hier vor den
Augen des Lesers entfaltet, also ein »Lebensläuflein«, das
dartun soll, »daß nicht selten einer an seiner Tugend
oder wie ers nun nennen mag, zugrundegeht, und zwar
bei jungen Jahren und unter reuigen Selbstanklagen nach
einem dürftigen und ängstlichen Dasein, wohingegen das
Laster fröhlich seines Weges zieht…« Zugleich, so heißt
es weiter zu Beginn, könne die Tugend »zu dauerbarem
Gedächtnis kommen, auch wenn sie nach ihrer Art bescheiden, Schrittchen vor Schrittchen setzte, und die Geschichte solch kleiner Heiligen ist zuweilen der Aufzeichnung nicht weniger würdig als die der Gewaltigen und
der Könige…«

Der Text stellt sich also in die Tradition der Tugen-
den-und-Laster-Literatur, und der Anspruch, der hier
– wenn auch ironisch – formuliert wird, ist nicht eben
klein. Im Grunde will Kromer eine moderne Heiligen-
vita, ein Königsdrama mit kleinbürgerlichem Personal
vor unseren Augen ablaufen lassen, und so wirkt es stim-
mig, wenn die Erzählung später, mit den Worten eines
sächsischen Kameraden Hänflings, auf den großen eng-
lischen Dramatiker verweist: »Der Schägsbier hat großartig geschrieben…« Doch vor allem eines fällt auf an
Kromers erzählerischem kleinen Drama: Hänfling ist ein
ganz und gar säkularer »Heiliger«. Gott und Religion
existieren nicht mehr in dieser Welt, es sei denn, man
wollte den Porzellanmaler fromm nennen, weil er dem
Schöpfer einmal dafür dankt, daß »er doch auch Geschöpfe gebildet, die da bemalte Porzellantassen, Teller,

Aschenschalen, Suppenschüsseln, Grabtafeln und ähnliche mit Farbenzierat oder schönen Sprüchlein geschmückte Dinge nötig haben«, oder weil er im fiktiven Tagebuch einen Sonntag einmal als »gottvoll« bezeichnet. Letztlich gibt es in den Hänfling-Texten keine Wertmaßstäbe mehr jenseits von Soll und Haben. Vielleicht hängt es ja gerade damit zusammen, dass wir, wenn wir uns lesend durch Hänflings enge Welt bewegen, den Eindruck gewinnen, für kaum eine der dort auftretenden Figuren gebe es irgendeinen Ausweg.

Gustavs Leben nimmt dramatische Züge an, weil seine Sparsamkeit in exzessiver Weise in Geiz und Habgier umschlägt. Heinrich Ernst Kromer scheint es, ganz im Sinne Friedrich Nietzsches, um die Ambivalenz, um die Umwertung zentraler Werte zu gehen. In *Jenseits von Gut und Böse* (1886) heißt es im dritten Abschnitt des ersten Hauptstücks: »Bei allem Werte, der dem Wahren, dem Wahrhaftigen, dem Selbstlosen zukommen mag: es wäre möglich, dass dem Scheine, dem Willen zur Täuschung, dem Eigennutz und der Begierde ein für alles Leben höherer und grundsätzlicherer Wert zugeschrieben werden müßte. Es wäre sogar noch möglich, daß was den Wert jener guten und verehrten Dinge ausmacht, gerade darin bestünde, mit jenen schlimmen, scheinbar entgegengesetzten Dingen auf verfängliche Weise verwandt, verknüpft, verhäkelt, vielleicht gar wesensgleich zu sein.« Was ist Sparsamkeit, was Geiz? Wo hört die Genügsamkeit auf, wo fängt die Geldsucht an? Und wo beginnt die Schädigung anderer – und wo die Selbstzerstörung?

Heinrich Ernst Kromer stellt schon im *Porzellanmaler* unter Beweis, daß er zu schreiben versteht und seinem Thema gerecht zu werden vermag, auch wenn er sich noch nicht ganz freigeschwommen hat: Manche sprechenden Namen beispielsweise erinnern allzu sehr an

Thomas Manns Manier (Hulda Wolkenstieg, Heinrich Plazidus Sanfthobel u. a.), und auch die Nietzsche-Lektüre wird bisweilen allzu deutlich ausgestellt, wenn etwa mit Blick auf Sabine Sanfthobels kunstgewerbliche Produktion von der »Umwertung aller Geschmackswerte« die Rede ist. Dennoch steht die Qualität der Erzählung außer Frage. Dies gilt sowohl für die Gesamtanlage des Textes als auch für seine sprachlichen Mikrostrukturen. Kromers Neologismen überzeugen ebenso wie seine erfindungsreichen Wortfügungen (»ein schüchtern begabter Maler«, der »Kleinbetrieb seiner Seele« etc.) und die häufig komischen Vergleiche.

Gustav Hänfling gehört zu jener vielköpfigen Gruppe literarischer Figuren, die mit Anfang dreißig an einem entscheidenden Punkt ihres Lebens stehen: Heinrich von Kleists Michael Kohlhaas, Franz Kafkas K., Robert Musils Ulrich, der Mann ohne Eigenschaften, und Philip Roth's Alexander Portnoy sind nur vier von ihnen. Auch Hänfling ist zu Beginn ein seiner selbst nicht sicherer Mensch, ja er ist geradezu verunsichert und voller Angst, so daß bei seinem Umzug ein gleichgültiger Gegenstand wie ein »Öfelein« als ein »Zwerglein« erscheinen kann, das an der Wohnungstür »seinen Posten treu zu halten schien«. Auf geradezu märchenhafte und biedermeierliche Weise psychisch verbarrikadiert, führt Hänfling, der an sein ärmliches Zuhause die Hoffnung auf »Beständigkeit und Ruhe« knüpft, »einige Jährchen … sein Lebensläuflein, zufrieden mit seinem bescheidenen Zustand und ohne jeden Gedanken an eine Entwicklung der Dinge. Dieses Wort allein schon klang ihm gefährlich.«

Hänfling ist ein kleiner Aufsteiger: Als Kind armer schlesischer Weber hat er es immerhin bis zum Kunsthandwerker gebracht, betrachtet sich im Grunde als Künstler und umgibt sich daher gerne mit einem Schein von Poesie – auch wenn es sich dabei nur um ein Dutzend fadenscheiniger, zerlesener Ausgaben der »Gartenlaube« und um ein ramponiertes Exemplar des *Trompeters von Säckingen* handelt, das er dem Kreisschreiber Servaz Holdinger ›vergessen‹ hat zurückzugeben. Damit befindet er sich in etwa auf Augenhöhe mit dem »Haarkünstler« Fridolin Wolkenstieg, der Goethe mit Schiller verwechselt und überdies die von ihm zitierte Passage aus dem *Prolog im Himmel* verdreht.

Hänflings eigentliches Verhängnis beginnt, als er sich, nach langem Zaudern, zur Selbständigkeit entschließt. Wirkt seine Sparsamkeit von Anfang an verschroben und komisch (»Er war der Weltordnung eigentlich ein wenig gram darum, daß sie über den Menschen ein Essens- und Wohnbedürfnis verhängt hatte.«), so beginnt sie jetzt, in der Zeit größtmöglicher materieller Unsicherheit, in wild wuchernden Geiz umzuschlagen. Die Schilderung von Gustavs krankhaftem Verhalten, das ja tatsächlich eine Krankheit zum Tode ist, gerät nicht selten zur Karikatur, wenn er zum Beispiel Hulda Wolkenstieg sein »Sparbüchsenherz« entgegenträgt, »das da rasselte und klapperte, sobald es ein anderes klappern und rasseln hörte.«

Man täusche sich jedoch nicht: Wie schon diese Wolkenstieg-Episode zeigt, ist Hänfling lediglich der exemplarische Exponent einer mehr oder minder armen oder aufs Geld versessenen Gesellschaft. Wenn Gustav sich beispielsweise beim Spaziergang schmatzend in den Zähnen stochert, tut er das »in Nachahmung der Bürger des Städtchens, die damit den Schein erwecken wollten, sie hätten ein nahrhaftes Mittagsmahl hinter sich«. Und wenn sich Hänflings Zimmerwirtin am Ende wegen seines Gesundheitszustands Sorgen macht, so nicht, weil sie an seinem Leben ernsthaft Anteil nähme, sondern weil sie sich um ihren Mietsherrn ängstigt, »desgleichen sie so leicht nicht wieder finden mochte«. Kromer führt uns eine Welt vor, in der vor allem eines regiert: Geld – Geld und Geiz, und zwar bis in die feinsten Verästelungen der Seele hinein. Am Schluß wird Gustav Hänfling »getilgt«, wie eine Schuld. Und sein Vermögen fällt an seine Schwester beziehungsweise deren Mann, den leichtsinnigen »Trunkenbold« – als führte Johann Peter Hebel die Regie.

Noch augenfälliger wird die Herrschaft von Geld und Geiz über Hänflings Seele in den fiktiven Tagebuchaufzeichnungen, die im Jahr 1915 unter dem Titel *Die Denkwürdigkeiten Gustav Hänflings* im Insel Verlag erschienen, dessen Prinzipal, Anton Kippenberg, das Manuskript u. a. mit folgendem Satz kommentiert hatte: »Ich habe nicht oft ein Werk, das mir zum Verlage angeboten worden ist, mit so starkem Anteil gelesen.« In diesem Buch führt Kromer uns Hänflings geistige, psychische und physische Befindlichkeit mit Hilfe seines Icherzählers in Nahaufnahme und Innensicht vor: Die Sonne erscheint Gustav »wie ein glühendes Goldstück«, die Märzblumen am Wegesrand lachen ihn an »wie Zwanzigmarkstücke«, und das ganze Leben, längst nicht nur die Arbeit, sondern auch Essen und Trinken, Freizeit- und Vereinsaktivitäten, ja selbst Liebe, Ehe und Gesundheitsvorsorge betrachtet er nahezu ausschließlich unter dem Blickwinkel von Verdienst oder Besitz. Eigenschaften wie Habgier und Geiz, die er bei anderen geißelt (»Habsucht muß bestraft sein; ich will sie ihr austreiben!«), an sich selbst jedoch überhaupt nicht wahrnimmt, sind Kromers grießgrämigem Helden zur zweiten Natur geworden. Erlaubt die Novellenfassung die ironisch-satirische Außenperspektive (»Bei dieser Beschäftigung genoß einer ganz besonderen Sorge seine schlimme Zehe…, die sich wie ein vulkanisch gehobener Berg über ihre Umgebung emporgeschoben hatte …«), so gewährt der Tagebuchroman von 1915 (gleichfalls satirische) Blicke in Gustavs Innerstes: »Das Otto Petrische Schuhwerk für meine Zehe ist zu kostspielig. Einfach unerschwinglich! Der Fuß müßte in Gips abgegossen werden, was allein gegen fünfzehn Mark kosten würde – die paar Pfund Gips! – die Schuhe selber wohl noch mehr. Da will ich lieber die Schmerzen haben ...« Mutet beispielsweise Hänflings Lavieren zwischen den Frauen, das, wie sein gesamtes Verhalten, von seinem Geiz und von seiner Habgier gesteuert wird, außerordentlich häßlich an, so zwingt die Ich-Perspektive dennoch bis zu einem gewissen Grad zur Identifikation mit der armseligen Gestalt, die angesichts ihrer verschiedenen körperlichen und seelischen Deformationen und Leiden vor allem gegen den Schluß des Textes mehr und mehr Mitleid erheischt. Zwar dämmert Hänfling jetzt, er »hätte zeitlebens mehr essen sollen«, doch noch auf dem Totenbett ist es das Geld, das ihn umtreibt.

Der Hänfling-Roman wurde zu Heinrich Ernst Kromers Schicksalsbuch. Lange Zeit nämlich schien es so, als habe er mit ihm den literarischen Durchbruch geschafft: Ein knappes Jahr nach dem Erscheinen des schmalen Bandes bot Anton Kippenberg Kromer die Herausgabe sowohl von Johann Peter Hebels *Schatzkästlein* als auch von dessen *Alemannischen Gedichten* an. Darüber hinaus plante Kippenberg, künftig alle Werke Kromers bei Insel herauszubringen, auch die früheren. So weit, so gut. Doch als der *Hänfling* 1920 vergriffen und der Insel Verlag wegen Papiermangels nicht in der Lage war, schnell nachzudrucken, machte Kromer, ungeduldig und auf Geld angewiesen wie er war, einen entscheidenden Fehler und wechselte zu dem kleinen, im selben Jahr in Konstanz gegründeten Oskar Wöhrle Verlag. Damit war das Tischtuch zwischen Kippenberg und Kromer zerschnitten. Als Wöhrle, von Haus aus Abenteurer und Schriftsteller, bald darauf Konkurs anmelden mußte, stand Kromer zunächst ohne Verleger da. Im Jahr 1931 veranstaltete der Transmare Verlag dann eine weitere Ausgabe des *Hänfling*, der wegen der Illustrationen des großen belgischen Expressionisten Frans Masereel bis heute besondere Bedeutung zukommt. Die Restauflage dieser Ausgabe wurde 1936 vom Naziregime – Masereel galt als »entarteter« Künstler – beschlagnahmt. 1937 schließlich übernahm der Leipziger Staackmann Verlag, der 1934 begonnen hatte, Heinrich Ernst Kromers Werk zu betreuen, die *Denkwürdigkeiten* in sein Programm.

Die Kritiker, die sich in der Vergangenheit mit Kromers Hänfling beschäftigten, neigten zum Teil dazu, die Denkwürdigkeiten als ein mehr oder weniger authentisches Tagebuch aufzufassen. In diesem Zusammenhang wurde wiederholt auf ein unveröffentlichtes Textstück aus Kromers Nachlaß hingewiesen, der im Archiv des Landkreises Waldshut verwahrt wird. Am Ende der *Denkwürdigkeiten* heißt es auf Seite 73 von Kromers Manuskript: »Hier schließen Hänflings Aufzeichnungen.« Eine Zeile tiefer setzt der sogenannte Herausgeber nochmals an: »Als ich am Tage nach seiner (Hänflings, J. G.) Übersiedlung mich im Krankenhaus nach seinem Befinden erkundigte, erhielt ich keinen sichern Bescheid. Dagegen übergab man mir drei Büchlein, die stark nach Karbol und dergleichen Stoffen rochen, und die ich auf den Wunsch des Kranken aufbewahren sollte, bis er wieder heimkommen würde. Zwei Tage hernach war er gestorben und sogleich ganz geheim und ohne jegliches Geleit zu Grabe gebracht worden, nachdem man zuvor seine ganze mitgebrachte Gewandung, die allerdings über die Maßen bescheiden gewesen sein soll, durch Feuer zerstört hatte. Woraus ich abnehmen mußte, er sei einer schlimmen ansteckenden Krankheit erlegen, von deren Auftreten das Städtlein vermutlich nichts erfahren durfte, des gefährdeten Fremdenverkehrs halber. Man hält es dort in solchen Fällen mit der Heimlichkeit. Hänflings

Schwager, dessen die ›Denkwürdigkeiten‹ einige Mal erwähnen und der zur Ordnung der Erbschaft herbeigeeilt war, lehnte seltsamerweise die drei Büchlein, kaum daß er einige Blicke hineingeworfen hatte, ab; er hatte soeben das Sparkassenbüchlein entdeckt und überließ darob die drei Hefte mir. Ich durchlas die Aufzeichnungen ungesäumt mit der ganzen Anteilnahme, die ich solchen Dingen entgegenbringe, und heute, wo von den Verwandten des guten Hänfling, wie ich erfahre, niemand mehr am Leben ist, wage ich die Herausgabe. D. H.« (Der Herausgeber, J. G.). In der Korrespondenz mit dem Insel Verlag, die der Drucklegung vorausging, hatte Kromer ein Vorwort über die ›Auffindung‹ des Tagebuchs angeboten; gut möglich, daß er dafür den Text am Ende des Hänfling-Manuskripts verwenden wollte.

Allein, die herausragende literarische Qualität der *Denkwürdigkeiten* und ihre stimmige Verzahnung mit der Erzählung von 1911 zwingen zu dem Schluß, daß der Roman vollständig von Kromer stammt. Auch der Umstand, daß die vereinzelt eingestreuten norddeutschen Phrasen eher monoton daherkommen (»Da ist die Stadt haftbar für!« u. ä.) und daß der Autor in den Korrekturfahnen alemannische Mundartausdrücke eliminierte, die ein Schlesier nicht verwendet hätte, spricht eine eindeutige Sprache. Das gilt gleichermaßen für die zahlreichen Streichungen und Korrekturen im Manuskript. Ein Argument gegen die Authentizität des Tagebuchs stellt im übrigen auch der Schlüsselcharakter des Romans dar, der, wie mehrfach zurecht bemerkt wurde, die Kunst- und Kunstgewerbeszene von Konstanz aufs Korn nimmt. So haben Manfred Bosch und Walter Rüger einige Masken gelüftet und darauf hingewiesen, daß sich in der Figur des Kunstmalers Mödlinger Spuren Ernst Würtenbergers finden, dessen Bild des Stadtrats von Konstanz, für das

Hänfling Modell sitzt, noch heute existiert. Der Baron verweist auf Kromers Freund Emanuel von Bodman, Michel Orion auf den Gymnasiallehrer und Publizisten Otto Kimmig alias Peter Sirius, und vor allem verbergen sich hinter Heinrich Plazidus Sanfthobel und seiner Frau Sabine der Maler, Kunstgewerbler und Ausstellungskurator Heinrich Schmidt-Pecht und seine Frau Elisabeth, für die auch Heinrich Ernst Kromer, dessen finanzielle Lage häufig prekär war, gearbeitet hat, wie ein Zierteller belegt, auf dem sich sein Monogramm findet. Ob sich der Schriftsteller regelmäßig für sie betätigt hat oder nur von Zeit zu Zeit einsprang, muß offen bleiben. Jedenfalls konnte er seine Eindrücke und die Erfahrungen, die er im Umkreis des Ehepaars Schmidt-Pecht gemacht hat, gut für seine Arbeit am Text nutzen. So erscheint es plausibel, daß der Hinweis auf die schriftlichen Lebenserinnerungen des schlesischen Porzellanmalers vor allen Dingen der Verschleierung des Umstands dienen sollte, daß der Roman autobiografische Züge besitzt und überdies Personen aus Kromers unmittelbarem Umfeld ins Visier nimmt. Andererseits sprechen insbesondere die frühen Hänfling-Porträts ohne Zweifel für dessen Existenz. Am wahrscheinlichsten ist es daher, daß der Kunsthandwerker aus Schlesien tatsächlich gelebt hat und daß Kromer sich von seinen Lebensumständen, möglicherweise auch von der einen oder anderen Aufzeichnung hat inspirieren lassen – mehr aber auch nicht.

Die Erzählung *Der schlesische Porzellanmaler* liegt in den Fassungen von 1911 und 1947 vor. Sie unterscheiden sich lediglich in einer Vielzahl meist minimaler Modifikationen, mit denen der jüngere Text eine vorsichtige Modernisierung, die eine oder andere Präzisierung und stilistische Verbesserung anstrebt. Die neue Werkausgabe macht erstmals wieder die Fassung von 1911 zugänglich;

die Version von 1947 ist über die Lizenzausgabe von 1987 in der Edition Isele antiquarisch leicht greifbar. *Die Denkwürdigkeiten* folgen der Ausgabe von 1987.

Heinrich Ernst Kromer hat in den dreißiger Jahren des 20. Jahrhunderts, als kleine Nebenarbeit, eine weitere Variation des Hänfling-Stoffes in zwei verschiedenen Fassungen veröffentlicht: Im ersten Jahrgang der Monatszeitschrift »Das Innere Reich« (1934/35) erschien die Erzählung *Erlebnisse eines Kunsthandwerkers*; 1937 folgte in Kromers *Alemannischem Geschichtenbuch* eine gekürzte Version mit dem Titel *Werkstattleben* (vgl. den Band »Späte Prosa«). Der Fokus beider Texte liegt nun nicht mehr auf dem Charakter Gustav Hänflings, auf den Katastrophen seiner Biografie und seinem frühen Tod, sondern auf dem Betrieb einer Werkstatt, die kunsthandwerkliche Erzeugnisse herstellt und am Ende der industriellen Massenproduktion das Feld räumen muß: Nicht mehr ein Individuum steht im Zentrum, sondern eine gesellschaftliche Tendenz, wie sie, breit dargestellt, in Ernst Jüngers *Arbeiter* aus dem Jahr 1932 aufscheint. Konzentrieren sich die Erzählung von 1911 und das fingierte Tagebuch von 1915 ganz auf Gustav Hänflings Position im Geschehen, so wird die Handlung nun aus der Perspektive eines anderen Ich-Erzählers dargeboten, der selbst als Kunsthandwerker in den Plot involviert ist und dessen Lebensweg (materielle Unterstützung durch die Familie; die Hochschulstudien, die der Vater »nie gutgeheißen« hatte) unübersehbar an jenen des Autors Heinrich Ernst Kromer erinnert; selbst die Datierung des Geschehens (»vor geraumen dreißig Jahren«) paßt zu Kromers Biografie. Mit anderen Worten: Die beiden Erzählungen von 1934 und 1937 bieten einen Fingerzeig, wie und in welcher Umgebung der hinter dem Erzähler stehende Autor den ›historischen‹ Hänfling kennengelernt haben könnte.

Die in der Zeitschrift »Das Innere Reich« publizierte Fassung ist, wie bereits erwähnt, umfangreicher als jene des *Alemannischen Geschichtenbuchs*. Insgesamt mögen die Unterschiede in der Textgestaltung unerheblich sein, können aber durchaus auch einmal ins Gewicht fallen. Ein Beispiel: In der Erzählung *Erlebnisse eines Kunsthandwerkers* wird die Münchner Malerin und Kunstgewerblerin, die jetzt namenlos bleibt und in den Texten von 1911 und 1915 noch Sabine Sanfthobel heißt, einmal so beschrieben: »Wenn sie kam, wirtschaftete sie herrisch in der Werkstätte herum, bis der alte Töpfer ungemütlich wurde und auf ihre Sezessionisten pfiff, mit deren Verkehr sie sich rühmte und sie nur umso geringschätziger als überhirnte See-Zionisten abtat, je weniger er sich zu diesem Namen ein Bild machen konnte.« Und nochmals ein wenig später: »Sie verstand es, ihre Ware selbst in Kunstblättern besprechen und immer wieder empfehlen zu lassen, wohl durch ihre See-Zionisten, wie wir vermuteten, und brachte sie auch in Kunstausstellungen unter, wo sie zwischen Gemälden und Plastiken einen geschmackvollen und abwechselnden Schmuck bildeten.« Zwar wird die Formulierung »See-Zionisten« in erster Linie mit einer fiktionalen Figur in Verbindung gebracht; gleichwohl fällt auf, dass in der Version des *Alemannischen Geschichtenbuchs* diese Textsegmente fehlen, die – zurückhaltend gesagt – einen üblen Nachgeschmack hinterlassen. Dort geht es lediglich um einen antimodernen Impuls, dort ist nur von den Sezessionisten die Rede, und so kann man zumindest den Eindruck gewinnen, als hätte Kromer seine Erzählung dem jeweiligen Publikationsorgan angepaßt. Vielleicht aber ist er auch in der Zwischenzeit, wie mancher andere in jenen Jahren, inzwischen eines Besseren belehrt worden.

»Das Innere Reich« war eine Zeitschrift des Verlags

Personen

Gustav Hänfling, Porzellanmaler
Herckl, sein Freund, Beamter
Bosliz, Beamter
Luise Meikling, dessen Nichte
Frau Liebeth Brudermier, Kunstgewerblerin
Frau Dr. Binggeli, Witwe
Zinthe Hofbauer, ihre Pflegetochter und
Pflegerin
Frau Langast, Hänflings Haushälterin

Schauplatz: Eine kleine Stadt nahe
der Schweizergrenze
Zeit: Um 1900

*Personenverzeichnis des Dramenmanuskripts
zum Gustav-Hänfling-Komplex*

186

Langen-Müller, die von 1934 bis 1944 erschien. Zu ihren Autoren zählten u. a. Hans Friedrich Blunck, der von 1933 bis 1935 Präsident der Reichsschrifttumkammer war, und Hans Grimm, der Verfasser des Kolonialromans *Volk ohne Raum*; zugleich aber wurden auch Arbeiten von Schriftstellern wie Johannes Bobrowski, Günter Eich, Peter Huchel und Karl Krolow gedruckt. Für die erste Ausgabe der Zeitschrift verfaßte Karl Benno von Mechow, einer der beiden Herausgeber, einen programmatischen Beitrag, in dem er sich nicht nur tief vor Adolf Hitler verbeugte, sondern auch den Namen der Zeitschrift erklärte: »Entgegen der Meinung einer verzweifelten, sogenannten ›Geistigkeit‹, die sich innerlich schon längst, äußerlich nun auch durch die Auswanderung von der Volksseele gelöst hat, sprechen wir getrost hier vom ›Inneren Reich‹, und nennen eine neue Zeitschrift, die der deutschen Dichtung und der deutschen Kunst dienen will, nach diesem Wort. Denn wir vertrauen auf den Fortbestand, ja eine neue Entfaltung der deutschen Kunst; die wiederhergestellte Kraft des Staates wird ihr ein Schutz sein, und der einige Wille der ganzen Nation wird sie mächtig befeuern.« Diese wohlfeile Phrase vom Schutz und vom Befeuern gehört ohne Zweifel in die Reihe jener Belege, die zeigt, daß die Sprache nicht selten klüger ist als jene, die sie im Munde führen.

Nicht unterschlagen werden soll, daß Kromer seinen Hänfling-Stoff auch für ein Theaterstück verwendet hat. Im Nachlaß findet sich ein nicht betiteltes und nicht datiertes, 93 Blätter umfassendes Dramenmanuskript, das offenbar von fremder Hand durchpaginiert wurde. Das Stück spielt »um 1900«; als Schauplatz wird »eine kleine Stadt nahe der Schweizergrenze« angegeben. Das Drama wurde nicht gedruckt und sehr wahrscheinlich auch niemals aufgeführt.

Die beste *Hänfling*-Ausgabe, die zu Lebzeiten Kromers aufgelegt wurde, erschien ein Jahr vor seinem Tod. Jan Thorbecke, der Kromers Werk über viele Jahre hinweg bei Staackmann betreut hatte, gründete 1947 seinen eigenen Verlag und brachte umgehend die Erzählung von 1911 und das fiktive Tagebuch von 1915 – beide Teile vom Autor leicht bearbeitet – in e i n e m Band heraus; und erst in dieser Konstellation, im Zusammenspiel von auktorialer Außenperspektive und dem subjektiven Blick Gustav Hänflings auf sich und die Welt, gelingt es Kromer, das ästhetische Potential, das in seinem Stoff steckt, voll auszuschöpfen. Derselbe Sachverhalt wird zweimal erzählt, von außen gesehen und von innen. Und das, was der Leser der Erzählung zunächst bequem als abnorme Schrulle oder gar als Laster abtun und auf Distanz halten kann, wird im Roman, dank der Erzählperspektive, bis zu einem gewissen Grad nachvollziehbar und rückt uns so nahe, daß wir mit Hänfling mitzufühlen gezwungen sind – obwohl er nicht nur mit sich, sondern auch mit seinen Mitmenschen alles andere als freundlich umgeht.

In der jüngsten Vergangenheit war vereinzelt zu lesen, Kromers *Hänfling* habe Staub angesetzt. Auf die heutigen Leser, die durch Sozialversicherungen abgesichert und konsumorientiert seien, müsse *Hänfling* reichlich fremd wirken. In Zeiten, in denen, zumindest in Deutschland, Tafelläden und Slogans wie ›Geiz ist geil‹ Hochkonjunktur haben und zugleich Bonizahlungen in einzelnen Branchen ins Unermessliche klettern, würde ich solche Sichtweisen mit einem Fragezeichen versehen.

Ein Hänfling ist im Alemannischen ein kleiner, schmächtiger Mensch. Der weimarische Oberjägermeister H. F. Göchhausen bemerkt in seinen *Notabilia venatoris oder Jagd- und Weidwercksanmerckungen* von 1710 aber auch, daß der Vogel Hänfling eines schönen Gesanges fähig sei. Ins Literarische gewendet, darf man das auch von Kromers merkwürdigem Vogel sagen.

Jürgen Glocker

LEBENSDATEN HEINRICH ERNST KROMER

1866 Heinrich Ernst Kromer wird am 26.9.1866 in Riedern am Wald (Landkreis Waldshut) geboren.

1887 Abschluß des Gymnasiums in Konstanz. Bekanntschaft mit Emanuel von Bodman, Ernst und Karl Max Würtenberger, Emil Gött, Emil Strauß, Wilhelm von Scholz, Karl Henckell und Emil Thoma. Beginn des Studiums der Germanistik in Heidelberg, das Kromer nach zwei Semestern abbricht.

1888 Wechsel nach München und Aufnahme eines Jurastudiums.

1890 Abbruch des Studiums, um sich ganz der Malerei zu widmen. Bekanntschaft mit Arnold Böcklin, Wilhelm Trübner, Hans Thoma, Anton Pruska und Max Doerner.

1892/3 Zurück in Konstanz (Münzgasse 24). Kromer verfaßt mehrere Theaterstücke und Kurzgeschichten. Um seinen Lebensunterhalt zu bestreiten, verziert er Holztruhen mit Brandmalerei.

1893 Publikation des Gedichtbandes »Schauen und Bauen« auf Vermittlung von Richard Dehmel.

1897 Kromer verlegt sich auf kunsthandwerkliche Tätigkeiten in Konstanz.

1898 Kromer betreut als Redakteur »Stern's Literarisches Bulletin der Schweiz« in Zürich. Es erscheint seine Novellensammlung »Die Mittendurcher«.

1900 Kromer wechselt seinen Wohnsitz häufig zwischen Konstanz und München. Bekanntschaft mit Ernst

Kreidolf, Robert Weise, Hans Buck und Wilhelm Schäfer.

1905 Kromer zieht nach Braubach in die Nähe von Köln und arbeitet redaktionell bei der Zeitschrift »Die Rheinlande« mit.

1906 Kromers Wohnsitz wechselt wieder zwischen München und Konstanz.

1911 »Gustav Hänfling. Denkwürdigkeiten eines schlesischen Porzellanmalers« erscheint unter dem Pseudoyum Karl Heinz Amann in der Zeitschrift »Die Schweiz«.

1913 Der Roman »Arnold Lohrs Zigeunerfahrt« erscheint im Verlag Rütten & Loening in Frankfurt.

1915 Kromer gibt im Insel Verlag J. P. Hebels »Schatzkästlein des rheinischen Hausfreundes« heraus. – »Gustav Hänfling. Denkwürdigkeiten eines schlesischen Porzellanmalers« erscheint als Buch im Leipziger Insel Verlag.

1919 Kromer gibt J. P. Hebels »Alemannische Gedichte« im Insel Verlag heraus.

1928 Kromer versucht sich in Zürich als Restaurator.

1934 Das Anekdotenbuch »Von Schelmen und braven Leuten« erscheint im Staackmann Verlag.

1935 Kromer gibt im Staackmann Verlag das Buch »Die Amerikafahrt« seines Vaters Dorus Kromer heraus.

1937 Kromers »Alemannisches Geschichtenbuch« erscheint im Staackmann Verlag.

1942 Kromer lebt von nun an bis zu seinem Tod im Marienhaus, dem Altersheim der Stadt Konstanz.

1948 Heinrich Ernst Kromer verstirbt am 5. Mai.

Editorische Notiz

Orthographie und Interpunktion dieser Neuausgabe wurden behutsam aktualisiert und auf den geltenden Stand der bewährten Rechtschreibung vor 1996 gebracht. Druckfehler der Erstauflage wurden stillschweigend korrigiert.

Die Originale des Dramenfragments von Heinrich Ernst Kromer werden im Archiv des Landkreises Waldshut aufbewahrt.